Dietrich Schilling, Jahrgang 1945, hat nach seinem Germanistik-Studium fast 40 Jahre lang als Hörfunk-Redakteur beim NDR gearbeitet. Er ist verheiratet und lebt als freier Autor in Hamburg.

Stephan Zörnig, Jahrgang 1947, hat in Hamburg als Lehrer am Gymnasium gearbeitet. Er reist gern und spielt Rock'N'Roll.

Schwarze Haare. Himbeerrot

12 Geschichten von Lust und Liebe

1. Auflage Oktober 2016
Copyright © 2016 Dietrich Schilling. Alle Rechte vorbehalten.
Herstellung und Verlag: BoD - Books on Demand, Norderstedt
Umschlaggestaltung, Satz und Layout: Christian Fillies
Illustrationen: Stephan Zörnig
Printed in Germany
ISBN: 9783741225192

Dietrich Schilling

Schwarze Haare. Himbeerrot
12 Geschichten von Lust und Liebe

Mit Illustrationen von
Stephan Zörnig

Inhaltsverzeichnis

Der Jäger..8

Arktis und Wüste 19

Der 20. Hochzeitstag.........................28

Der Reiz der Wahrheit 41

Schwarze Haare.
  Himbeerrot 56

Die Königin,
  die geküsst werden wollte..................83

Das ungleiche Paar 88

Die Praxis....................................111

Das Register.................................122

Was für eine Frau!...........................137

Die Hecke....................................150

Der Vogel 159

Der Jäger

Hatte sie ihn angelächelt? Ihn?

Er musste immer wieder zu ihr hinüberschauen. Meinte sie wirklich ihn und nicht irgendeinen anderen? Vielleicht jemand, der vor ihm saß? Oder hinter ihm?

„Jäger", wie er von vielen genannt wurde, kannte die Frauen. Sie konnten ihn nicht mehr täuschen. Er war alt, und er war erfahren. Attraktiv war er nicht. Aber die Natur hatte ihn mit Augen gesegnet, die alle Frauen unausweichlich in ihren Bann zogen. Wen immer seine Blicke trafen: sie alle gaben jeglichen Widerstand sofort auf. Ergaben sich. Wollten unbedingt diesen Mann. Ließen sich auch nicht beirren von seinem etwas rauen Gesicht, das schon früh von harter, täglicher Arbeit geprägt war. Und seinem manchmal unbeholfenen Auftreten, das auf Männer ungeschickt, tollpatschig wirkte, auf Frauen jedoch umso liebenswerter. Schon als er kaum wusste, was Frauen zu bieten haben, als Lehrling in einer Autowerkstatt, hatte er alle Kundinnen bezaubert. Seine verölten, klobigen Hände und sein verschwitztes Gesicht schienen nicht zu existieren; die Frauen reagierten auf ihn wie die Fische in einem vietnamesischen Zuchtgewässer, wenn in der Dunkelheit über ihnen ein Scheinwerfer aufflammt: sie drängten ans Licht und sahen nicht das Netz, dem sie bereits ausgeliefert waren.

Die Kirche war voll. Und sie war kaum geheizt. Die Dezemberkälte schien aus den Ziegelwänden zu kriechen, und fast alle saßen sie da in ihren Winterjacken und Mänteln. Einige sangen; die Orgel gab ihnen Halt. Andere starrten vor sich hin. Die Alte neben dem Jäger blätterte im Gesangbuch und suchte nach dem nächsten angezeigten Lied, obwohl sie schon bei dem, das gerade jetzt gesungen wurde, keinen Ton von sich gab.

Die gelächelt hatte, sang im Chor, der sich einige Reihen entfernt im Altarraum aufgestellt hatte. Die einzige, die wirklich singt, dachte der Jäger. Die sich anstecken lässt von dem Text, beflügeln lässt. Die ihrer Überzeugung wirklichen Ausdruck gibt. Immer wieder musste er hinschauen zu ihr. Einmal glaubte er sogar, unter den Basstönen der Orgel ihre Stimme zu hören. Ihr Mund, dachte er, ihr Mund ist schön, wenn er geöffnet ist. Nicht so blöde wie bei den meisten Chorsängerinnen, die ihn aufreißen, als käme es allein darauf an. Er konnte seinen Blick kaum abwenden von ihr, und als sie im nächsten

Augenblick auch ihn anschaute und, während sie sang, zu lächeln schien, ihn anzulächeln, da fühlte er sich ertappt. Der Jäger, der sich noch nie vor einer Frau versteckt hatte, fühlte sich ertappt wie ein Schuljunge!

Noch einmal schaute er sich vorsichtig um. War da nicht doch irgendein anderer, dem dieses bezaubernde, natürliche Lächeln galt? Ein Lächeln, das sich um ihre Lippen zog und um ihre weiten Augen spiegelte und nichts zu bedeuten schien als Freude und die Aufforderung, zurückzulächeln. Es waren bestimmt 10, wenn nicht 12 Meter, die zwischen ihm und ihr lagen. Und so viele Menschen um ihn herum; es musste ein anderer sein, der gemeint war. Er musste sich irren. Als er aber, er konnte nicht anders, seinen Blick erneut über sie hinweghuschen ließ, traf es ihn vollends. Mitten in sein Selbstbewusstsein. Und er spürte, was er seit einer Ewigkeit nicht mehr erlebt hatte: dass er rot wurde.

Das ist lächerlich, sagte er sich, das ist nur ein Schulmädchen! Die denkt an nichts, die will nichts, die weiß von gar nichts! Er rutschte auf der harten Bank nach links und nach rechts und zupfte am Saum seiner Lederjacke. Strich mit der Hand über sein Gesicht. Versuchte sich abzulenken und dachte an Viola. Warum gerade jetzt, war ihm nicht klar. Er kannte sie seit dem letzten Lehrjahr, also fast das ganze Leben. Sie hatte immer gewusst, was sie wollte! Hatte genügend Männer; wen sie wollte, den bekam sie. Genau wie er. Ein Paar waren sie nie gewesen, sie und er, und wirklich verliebt ineinander auch nicht. Aber ein- oder zweimal im Jahr, wenn die Lust aufeinander nicht mehr zurückgedrängt werden konnte, fanden sie zueinander, verbrachten ein Wochenende im Bett und zeigten sich, was sie Neues gelernt hatten. So waren sie alt geworden. Von Anfang an war es eine besondere, erfinderische Schamlosigkeit gewesen, die sie aneinander entdeckt und die sie immer wieder zusammengeführt hatte, und sie hatten sich vollkommen darauf verlassen können, dass niemand je davon erfuhr.

Aber diese hier? So unauffällig wie möglich schaute er wieder zu ihr hin. Das war noch ein Kind. 14, vielleicht gerade 15 Jahre, keinesfalls älter. Unerfahren, schutzbedürftig. Er könnte ihr Großvater sein. Als ihm das bewusst wurde, empfand er von neuem das Gefühl, erwischt zu sein. Alles in ihm sträubte sich. Er hatte die Liebe genossen, in unzähligen Varianten, und ob ihm der liebe Gott alles verzeihen würde, das wusste er nicht. Aber nie hatte er eine Frau ausgenutzt, nie hatte er irgendein Vertrauen missbraucht.

Sie sprach jetzt mit einer ihrer Nachbarinnen, hatte den Kopf und auch den Oberkörper zur Seite gedreht. Er steckte in einem dicken Pullover. Ihre Brüste, malte er sich aus, mussten noch jung sein, kaum erwachsen. „Knospen' fiel ihm ein. Zart noch, faltenlos. Als er Viola zum ersten

Mal mit seinen Mechanikerfingern die Bluse aufgeknöpft und ihre wunderbare Haut geküsst hatte, waren ihre auch noch zart gewesen; heute waren sie verbraucht. Sie hatten ihr keckes Standvermögen verloren und machten nicht mehr so viel Aufhebens von sich. Vielleicht war es die Erinnerung an die ersten Male, dachte er, die ihm darüber hinweghalfen. Genauso wie das Eingeständnis, dass 70 Lebensjahre auch seinen eigenen Körper verzehrt hatten. Einen kurzen Augenblick dachte er mit Bitterkeit daran, aber dann fiel ihm ein, dass alles noch ‚funktionierte', wie sich Viola und er beim Abschied jedes Mal versicherten, und er freute sich und war dankbar.

Auf die Predigt, die begonnen hatte, hörte er nicht. Stattdessen versuchte er sich an ein Buch zu erinnern, dass er vor langer Zeit gelesen hatte. Da ging es auch um einen Mann und ein junges Mädchen. Der Name fiel ihm nicht mehr ein. Aber es hatte viel Aufregung darum gegeben, weil der erwachsene Mann mit dem Mädchen gevögelt hatte, das noch ein Kind war. Er, Jäger, war empört gewesen. Er hatte sich nicht vorstellen können, dass so ein junges Ding … naja, aber dass der Mann sich darauf eingelassen hatte, das konnte er nicht nachvollziehen. Als er Viola kennenlernte, in der Werkstatt, hatte sie bereits den Führerschein. War also schon älter als er. Zwar konnte er sich nicht mehr entsinnen, ob er von sich aus ihre Bluse geöffnet oder ob sie ihm die Hand geführt hatte. Aber wie unglaublich weich ihre Haut war, das weiß er noch genau. Zuerst hatte er kaum gewagt, sie zu berühren, aber als sie sich umgedreht hatte, mit dem Rücken zu ihm, und ihren Kopf auf seine Schulter, an seinen Hals gelegt hatte, da hatte er beide Hände genommen und ihre Brüste fest umfasst, hatte sie gepresst und geknetet und trotzdem nicht recht glauben können, dass er zum ersten Mal in seinem Leben die Nacktheit einer Frau für sich hatte. Und als seine Erregtheit ihn drückte und er deshalb die Hände von ihr ließ, und als sie sich ihm daraufhin wieder zuwandte, das sah er die Spuren seiner vom Maschinenöl verschmierten Hände auf ihren Brüsten, und er musste lachen. Dieses Lachen, auch das weiß er noch, befreite ihn aus der Verlegenheit, die er allem Ungestüm zum Trotz nicht verloren hatte. Und als Viola ihre Bluse zuknöpfte und die Spuren seiner Hände entdeckte, musste auch sie lachen. Wahrscheinlich, hatte er schon oft vermutet, war dieser Moment die Grundlage für ihre so unkomplizierte Beziehung.

Die Predigt ging zu Ende. Irgendjemand in der Bank vor ihm richtete sich wie aus dem Schlaf kommend auf und rückte ein paar Zentimeter nach rechts, so dass dem Jäger auf einmal die Sicht versperrt war; der verwunderte Blick seiner Nachbarin, die er ein bisschen zur Seite drängen musste, um das Mädchen erneut sehen zu können, war ihm egal. Sie stand aufrecht. Sie sang und schien vollkommen darin aufzugehen. Ihr Gesicht strahlte. Kannte sie schon die Liebe? Er hätte gerne mehr von ihr gesehen. Wie sie geht, wie sie ihre Hüften bewegt, die Beine. Violas Beine waren damals muskulös. Als er sie zum ersten Mal spürte, schon bald nach der ersten Begegnung, als sie ihm entschieden den Rückzug verweigerten, bis er in ihr zur Ruhe gekommen war, da hatte er nicht genug von ihnen bekommen können. Aber Viola hatte genauso viel zurückhaben wollen. Und es war ihm nicht schwergefallen zu geben, was sie wollte. Seine Hände waren zwar klobig, aber trotzdem waren sie in der Lage, jedes Härchen, jede Hautfalte zu erspüren. Einmal, als er in der Werkstatt unter einem Auto lag und fast verzweifelte, weil er allen Anstrengungen zum Trotz eine Schraube nicht lösen konnte und ihm der Schweiß übers Gesicht lief, musste er plötzlich laut auflachen. Als ein Kollege sich daraufhin zu ihm hinunterbückte und ihn fragend ansah, winkte er ab. Hätte er ihm erklären können, dass er ein paar Stunden zuvor mit denselben Händen und weit weniger Mühe viel mehr erreicht hatte?

Die Abkündigungen waren vorbei; die Gemeinde blätterte in den Gesangbüchern. Wie fast alle hielt auch das Mädchen den Kopf dabei gesenkt, und weil auch sie schon auf der Suche nach dem nächsten Lied war, konnte der Jäger ungestört zu ihr hinüberblicken. Ob sie schon konfirmiert war? Diese Frage, die niemand gehört hatte als er selbst, erschreckte ihn. Sie war wie ein heftiger Vorwurf. Wie eine Anklage. Weil sie ihm erneut bewusst machte, wie jung das Mädchen war. Gab es so etwas wie die gedachte Verführung einer Minderjährigen? Es fiel ihm schwer, seine Gedanken auf Viola zu lenken, sich ihr Bild in sein Gedächtnis zu rufen. Doch schließlich sah er, was er tausendmal tatsächlich gesehen hatte: wie sie, nachdem sie einige Minuten ruhig auf dem Rücken gelegen und ihre Erschöpfung genossen hatte, sich halb aufrichtete, sich zu ihm drehte und zu sprechen begann. Er selbst hatte das nie fertiggebracht, er konnte es einfach nicht. Er äußerte sich auf andere Weise. Aber ihr fiel es nicht schwer. Sie sprach von den Gefühlen, die sie erlebt hatte, und manchmal bat sie ihn darum, eine Bewegung, die er gemacht hatte, beim nächsten Mal noch einmal zu wiederholen. Oder sie ein wenig anders anzufassen, zu berühren, sanfter, direkter. Manchmal kam es ihm vor, als wolle sie ihn für sich benutzen. Aber das tat er umgekehrt ja auch. Und wenn sie dann später aufstand und wie selbstverständlich nackt in ihrer Wohnung umherlief, weil sie nichts vor ihm zu verbergen hatte und sich stattdessen eines in vielen Jahren gewachsenen Vertrauens sicher war, dann freute er sich an ihrem Anblick. Und jedes Mal lächelte er, wenn er daran dachte, was er von Mal zu Mal deutlicher empfand: dass die Zeit das Schöne, das sie nimmt, durch anderes ersetzt.

Plötzlich fühlte er ein Drängeln neben sich. Der Gottesdienst war zu Ende. Die Orgel dröhnte. Er nahm sie nicht wahr. Ließ sich durch den Mittelgang und das große, hölzerne Portal schieben. Irgendjemand drückte seine Hand. Dann war er draußen. Es war nicht nur kalt, es hatte auch zu regnen begonnen. Er wühlte sein Handy aus der Hosentasche und rief Viola an.

Arktis und Wüste

*U*nschlüssig stand er vor dem Büffet. Sein Blick ging über die Schüsseln und Schalen. Und obwohl er müde war und keinerlei Appetit mehr hatte, aus purer Langeweile vielleicht, fischte er sich mit zwei Fingern eine Tomatenscheibe mit Mozzarella und Basilikum aus der öligen Lache und steckte sie hastig in den Mund. Dabei beugte er sich etwas vor - jedoch nicht weit genug, denn auf seiner Krawatte blühte matt ein Fleck auf.

„Darf ich?", fragte sie, schob eine Hand unter den Schlips und betupfte den Fleck mit der anderen, auffallend sorgfältig, beinahe zartfühlend, mit einer Papierserviette. Es war ihm unangenehm. Denn sie war die Einzige, mit der er den ganzen Abend nicht gesprochen hatte. Da waren andere, die besser aussahen. Sie, die jetzt den Knoten seiner Krawatte lockerte und sie unter dem Hemdkragen hervorziehen wollte, war ihm nicht weiter aufgefallen. Die Figur schlank, ja, aber ohne weibliche Betonung. Das

Gesicht durchschnittlich, unauffällig, keine Emotion.

„Nein, nein!", wehrte er ab. „Lassen Sie das. Ich gehe jetzt sowieso."

Als er sich umsah, bemerkte er, dass sich der Festsaal bis auf ihn und sie vollkommen geleert hatte; auch die Bedienung schien gegangen zu sein. Das Gros der Gläser und Teller war weggeräumt; hier und da standen noch ein paar halbleere Flaschen, ein Aschenbecher und Blumensträuße, in wassergefüllte Biergläser getaucht. Die Leuchter an den Wänden schimmerten nur noch matt. Der Glanz des Abends war verblasst.

„Das können Sie gar nicht."

„Was kann ich nicht?", fragte er verblüfft und schaute ihr ins Gesicht.

„Gehen."

Sie ließ die Krawatte auf den Boden gleiten und stolzierte zu einem der Fenster. „Sie stolziert", dachte er, als er bemerkte, dass sie doch, ganz unerwartet, einen kleinen, festen Po hatte, der sich mit ihren Schritten über den Stöckelschuhen hob und senkte.

Sie öffnete das Fenster und warf einen Schlüssel hinaus. Dann drehte sie sich um und sah ihn an. Ganz sicher war sie sich nicht.

„Ich möchte, dass Sie mich vögeln!"

Hätte er die Tomatenscheibe noch in der Hand gehabt, wäre sie ihm spätestens jetzt entglitten. Wie vom Donner gerührt stand er da, als könne er seinen Ohren nicht trauen. Hellwach.

„Sie werden es nicht bereuen!"

Ihre Augen versuchten seine festzuhalten.

„Ich habe es selten bereut, mit einer Frau geschlafen zu haben", brachte er mühsam hervor, bemüht, die Situation unter Kontrolle zu bekommen.

„Und warum sehen Sie dann aus wie ein kleiner Junge, der seine Mutti verloren hat?"

Sie stand immer noch vier, fünf Meter entfernt von ihm am Fenster. Aber die Sicherheit, die jetzt in ihrer Stimme, in ihren Worten steckte, fand sich nicht in ihrer Körpersprache. Durch das Kleid, das über ihren schmalen Körper herabfiel, lief ein Zittern. Und die Hand, die gerade erst entschlossen den Schlüssel aus dem Fenster geworfen hatte, schien unsicher, wie und wo sie zur Ruhe kommen sollte.

Er taxierte sie von den Haaren bis zu den Füßen und gewann ganz allmählich seine Überlegenheit zurück.

„Und wenn ich nicht will?"

„Sie werden wollen!"

„Was macht Sie so sicher?"

Er nahm ein Glas Wein, das halb ausgetrunken auf dem Büffet stand, und trank sehr, sehr langsam, als wolle er sie provozieren. Über den Rand des Glases hinweg maß er ihre Figur noch einmal aus.

„Ich sehe nicht aus wie Claudia Schiffer, ich weiß. Aber ich kann einen Mann so verrückt machen, dass er nicht mehr weiß, ob sein Schwanz glühend heiß oder eiskalt ist."

Jetzt geriet er erneut und endgültig aus der Fassung. Das war kein Spiel mehr, wusste er, kaum dass sie dieses Wort ausgesprochen hatte, das sie langsam durch die Lippen gleiten ließ. Doch es klang nicht ordinär. „Obszön" ist richtig und auch wieder nicht, denn - merkwürdig - es schien in diesem Fall ein Ausdruck besonderer Bildung - wenn auch einer unfertigen. Es klang wie aus dem Munde einer Internatsschülerin, die den Akt malt, ohne ihn selbst begehren zu wollen.

„Männer haben kein Interesse an mir. Meine Brüste sind klein, meine Beine fallen nicht auf, mein Gesicht ‚verlangt nicht', wie mir jemand gesagt hat. Also muss ich mir anders holen, was ich will. Und ich habe gelernt, das zu tun. Haben Sie es schon mal mit Olivenöl gemacht?"

Sie trat ans Büffet, zog eine Schale an sich heran, auf der noch ein paar marinierte Auberginenscheiben lagen, wischte die mittleren Finger ihrer rechten Hand durch das Öl, hin und her, bis sie glänzten, ergriff mit der linken ihr Kleid in Höhe des Bauchnabels und hob es ein paar Zentimeter an, so dass ihre Knie zu sehen waren. Dann sah sie ihm wieder in die Augen, beugte sich kaum merklich zurück und ließ ihre rechte Hand unter dem Kleid verschwinden. Ein paar Sekunden blieb sie da, während sich die Hüften langsam in einem Kreis bewegten. Vier-, fünfmal; ihre Augen nicht von den seinen lassend. Dann ließ sie das Kleid fallen und trocknete ihre Hand an einer Serviette.

„Wissen Sie, wie das Öl wirkt?"

Er stand zwei, drei Meter vor ihr und brachte kein Wort hervor.

„Am Anfang fühlt es sich an, als breite es die Haut sanft aus und streiche jede Falte glatt."

Sie schob ein paar Teller und Schalen beiseite und setzte sich aufs Büfett.

„Nach zwei, drei Minuten zieht sich alles zusammen. Es wird kalt. Ich muss immer an einen Eisblock denken, der, gerade aus der Eistruhe genommen, zu dampfen beginnt."

Sie schlug ein Bein über das andere und schien zu erschauern.

„Und wenn das Eis geschmolzen ist, brennt es lichterloh und es ist, als tasteten sich Flammenspitzen über die Haut wie ein Wüstenwind über das Wasser des Eismeeres."

Er spürte es pochen in seinem Körper, als sie das sagte. Als er entdeckte, dass ihr Kleid, hochgerutscht, Beine freigegeben hatte, die er an dieser Frau nie vermutet hätte. Gerade wollte sie das Kleid, nachdem sie seinen Blick bemerkt hatte, wieder ein Stück nach unten ziehen - da stöhnte sie auf und lehnte sich, die Augen geschlossen, den Kopf nach hinten zurück, so dass er weit an ihren zarthäutigen, aber muskulösen Schenkeln emporblicken konnte.

„Das Eis", seufzte sie und schob ihre Hüften einer unsichtbaren Wärme entgegen.

Er war längst entschlossen, Eiseskälte und Wüstenhitze mit ihr zu teilen. Und als sie jetzt ihren Oberkörper nach vorn beugte und die Beine zusammenpresste, fragte er sie: „Warum wollen Sie ausgerechnet mit mir schlafen?"

Sie zuckte und öffnete ihren Körper wieder weit. Dann schien der erste Wüstensturm vorüber, und sie bekannte:

„Ich habe mit einer Freundin gewettet."

„Was?"

„Und das Los ist auf Sie gefallen."

Das, hätte er gedacht, wenn ihm von so einem Fall erzählt worden wäre: das hätte ihn wütend und unbeherrscht, vielleicht beleidigend gemacht. Aber nun, da diese Frau auf dem Büfett vor ihm saß und Eismeer und Wüste ihren Körper schüttelten, reagierte er anders. War überrascht, dass ihm dieser kleine, kompakte Körper, der innerlich zu brodeln schien, nicht längst aufgefallen war. Er trat an ihn heran, streifte die Riemchen des Kleides von ihren Schultern, legte die winzigen Brüste frei und strich sie mit einer Aubergine ein. Sie ließ es mit sich machen - in einer Art, die ihm jede Kontrolle über seinen Körper nahm.

„Um was haben Sie gewettet?", fragte er, während er sich hastig entkleidete.

„Ist das so wichtig?"

Obwohl ihr Gesicht die blasse Farbe längst verloren hatte, war nicht zu übersehen, dass sie jetzt erst richtig rot wurde.

„Machen wir es so, wie Sie es beschrieben haben?", fragte er ohne auf Antwort zu warten.

„Ja", sagte sie. „Ja."

Und „ja" sagte sie immer wieder, als sie mehr Olivenöl spürte an Stellen, die sie mit ihren Fingern nicht erreicht hatte. „Ja!"

Er hatte längst ihr Kleid ganz hochgeschoben, hatte die letzten Auberginen über ihren Bauch, über den Venushügel gestrichen, bis er davon ablassen musste, weil er selbst in die Arktis geriet und von dort in die Wüste...

Als sie ihr Kleid wieder zurecht zog und sich kurz darauf überall Flecken auf dem Stoff abzuheben begannen, entdeckte er in der Mattheit ihres Gesichts eine tiefe Befriedigung, die nur erscheint, wenn man allen Mut zusammengenommen hat. Ihre Augen schienen ihm zu danken, als sie bekannte, noch nie vorher so weit gereist zu sein.

Dann ging sie zur Tür und öffnete sie.

„War sie nicht abgeschlossen?"

„Nein", lächelte sie und seufzte noch einmal auf.

„Eine kleine Lüge also!"

„Ja. Und nicht die einzige."

Sie winkte ihm noch einmal zu, löschte das Licht im Festsaal, und ihre Formen, als sie durch die Tür ging, erschienen ihm aufregend flach.

Der 20. Hochzeitstag

An meinem 20. Hochzeitstag erreichte mich ein Anruf, den ich nicht vergessen werde. Meine Frau war am Telefon. „Ich liebe Dich", sagte sie ohne lange Vorrede. Und obwohl sie mir das schon tausendmal gesagt hatte, ergriff es mich zum ebensovielten Male. Ich vergaß das Manuskript, an dem ich schrieb, hielt den Telefonhörer näher ans Ohr und sagte nichts, denn ich spürte, dass noch etwas kommen würde.

„Ich habe ein besonderes Geschenk für Dich, Liebster. Aber ich brauche Zeit, es vorzubereiten. Bitte komm nicht vor neun nach Hause! Liebst Du mich?"

Ja, ich liebte sie über alles. Trotz der gelegentlichen Zankereien und hin- und hergeworfenen Dummheiten, und obwohl nicht alle Tage in unserem gemeinsamen Leben Erinnerungswert besaßen. Was über diese Nichtigkeiten hinaus übrig blieb, war aber genug, um mich sofort aufs Angenehmste unruhig zu machen.

„Wie soll ich Dich lieben, wenn ich erst so spät nach Hause kommen darf?", fragte ich zurück. „Liebe braucht Zeit, besonders am Hochzeitstag."

„Ich weiß", sagte sie. „Aber auch die Vorbereitung braucht Zeit. Ich verspreche Dir, sie zu nützen. Du wirst es nicht bereuen!"

Dem letzten Satz, der schon mehr eine Liebkosung war als eine Information, folgte der allerletzte, der es auf meine Phantasie abgesehen hatte und nicht besser hätte treffen können: „Ich liebe Dich mit allem, was ich habe."

Dann war das Gespräch beendet und ich versuchte, mich wieder auf das Manuskript zu konzentrieren. Doch was ich schrieb, war nicht, was ich im Kopf hatte. Also legte ich das Papier zur Seite und überließ mich ganz den Bildern in meinem Kopf - so, wie sich ein Pfau dem Stolz überlässt.

Meine Frau ist sehr einfallsreich. Vor etlichen Jahren hatte sie an unserem Hochzeitstag, ohne dass ich auch nur im Geringsten davon gewusst hatte, eine Bauchtänzerin engagiert. Nur für uns beide, zwischen Hauptgang und Dessert. Seitdem schüttele ich immer völlig verständnislos den Kopf, wenn jemand behauptet, ein Bauchtanz habe nichts mit Erotik zu tun! Das Dessert war unglaublich gut (Tiramisu); wir aßen es Löffelspitze für Löffelspitze, mit wachsender Lust, sprachen nicht und schauten uns nur in die Augen, bis die Bauchtänzerin endlich ihr Honorar genommen und die Haustür hinter sich ins Schloss gezogen hatte. Ich habe noch den Seufzer meiner Frau in Erinnerung, den sie nicht mehr unterdrücken konnte, als wir endlich allein waren. So geliebt wie in dieser Nacht haben wir uns nie vorher.

Ein paar Jahre später hatte sie mich - der Hochzeitstag fiel auf einen Sonntag, und es war kalt und regnerisch - in eine öffentliche Sauna eingeladen. Wir waren schon oft gemeinsam dort gewesen, und ich hatte keinerlei Hintergedanken. Aber dann, als wir im türkischen Dampfbad saßen und die kleinen Bäche an unseren Körpern hinunterrannen und ich eher unbewusst meinen Blick über ihren Leib laufen ließ, entdeckte ich plötzlich am unteren Ende ihres Venushügels, zwischen den üppig sprießenden Haaren, die jetzt von der Feuchtigkeit ein wenig geglättet waren, etwas matt Schimmerndes. Eine Perle? Natürlich musste ich immer wieder hinsehen, aber meine Frau hatte meine Nervosität längst wahrgenommen und sich so hingesetzt, dass ich die Perle nur mit Mühe ahnen konnte. Es schien mir aber, als hätten sich ihre Brustwarzen aufgerichtet, nachdem sie bemerkt hatte, wie unruhig ich geworden war. Doch so gerne ich mir die Perle von nahem angesehen hätte ... nein, stellen Sie sich das vor, da saßen ja noch andere Menschen in dem heißen Nebel! Ich konnte es nur schwer erwarten, nach Hause zu kommen.

Und auch diese Nacht hat sich tief in meine Erinnerung gegraben.

Ich war also darauf gefasst, dass sie sich auch heute etwas Besonderes ausgedacht hatte. Die Zeit in der Redaktion schien stillzustehen an diesem Nachmittag, während meine Spannung immer mehr anstieg. Ich ging eher als sonst, weil ich es in der nüchternen Arbeitsatmosphäre nicht mehr aushalten konnte. Doch es war erst kurz vor 18.00 Uhr, und so sah ich mir noch einen etwas naiv geratenen Liebesfilm an, als Aperitif sozusagen.

Als ich endlich unser Haus betrat, wenige Minuten zu früh, hörte ich die typischen Geräusche des Tischdeckens aus dem Wohnzimmer.

„Bist du es, Liebster?"

„Jaaa...", antwortete ich etwas zögerlich.

„Ich bin noch nicht fertig. Bitte, geh so lang duschen und zieh dir das Hemd mit dem runden Kragen an. Und eine Krawatte. Es soll ein bisschen festlich sein!"

Ich duschte, zog das gewünschte Hemd und eine Krawatte an und wartete vor der Wohnzimmertür wie ein Kind auf den Weihnachtsmann.

„Darf ich jetzt reinkommen?"

„Du darfst", antwortete meine Frau. Ich trat entschlossen ins Zimmer. Sie hatte noch am Tisch gestanden, kam aber jetzt auf mich zu und drückte mir einen langen und zarten

Kuss auf die Lippen. Vermutlich, weil sie meine Aufmerksamkeit ein bisschen irritieren wollte. Denn so verheißungsvoll dieser Kuss auch war - es war das Zimmer, das veränderte Zimmer, das mich jetzt ganz in Anspruch nahm.

„Setz dich", sagte sie und verschwand in der Küche. „Ich kümmere mich um die Suppe."

Sie wollte mir wohl ein paar Minuten Zeit geben, das geschmückte Zimmer zu betrachten...

Geschmückt konnte man es eigentlich gar nicht nennen. Die Kerzen in den Haltern an der Wand waren edler als sonst, ja, und es roch unaufdringlich, aber doch gut wahrnehmbar nach irgendeinem orientalischen Öl, wie meine Frau es gerne hat. Die Rosen auf dem kleinen Glastischchen waren von besonderer Schönheit, ganz bestimmt, aber auch nicht die Überraschung, die ich meiner Frau zugetraut hatte. Irgendetwas anderes war da bestimmt noch, das ich dann auch tatsächlich entdeckte. Auf dem Esstisch. Genauer gesagt: zunächst hatte ich nur bemerkt, dass eine mir nicht bekannte Tischdecke aufgelegt war. Ein safranfarbenes, mit goldenen Brokatfäden durchwirktes Damasttuch, in dem, soviel ich erkennen konnte, in der Form züngelnder Flammen Zwischenräume wie Fenster waren, die den Blick auf etwas frei gaben, das darunter lag. Nicht ganz frei gaben! Denn die Flammenfenster waren nicht sehr groß, und das Kerzenlicht im Raum war nicht hell genug, um Genaueres zu erkennen. Trotzdem hatte ich bald keinen Zweifel mehr: was da in warmen Brauntönen zwischen dem kobaltblau geränderten Geschirr und den Flammenzungen durchschimmerte, waren die Umrisse von Körpern. Offenbar auf Seidenpapier gemalt, denn es knisterte kaum hörbar, als ich probeweise eine Hand auf das Tischtuch legte.

„Gefällt es dir?", fragte meine Frau, die mit der Suppe aus der Küche kam.

Ich strich mit den Fingern behutsam über die Kreise, die Bällchen, die Kurven und Mulden, die ich zu erkennen glaubte. Meine Nerven begannen unter der Haut zu zucken und auf eine wunderbare Art köstliche Regungen zu wecken. Und ich glaubte Feuchtigkeit zu spüren, wo absolut keine sein konnte.

„Wenn ich es richtig sehe", antwortete ich so kontrolliert wie möglich, „handelt es sich in erster Linie um ausgesprochen schöne Damen in nicht ganz unerotischen Posen."

Unbeirrt füllte sie mir einen Löffel von der Suppe in meine Schale; die Suppe roch nach Zitronengras.

„Soll ich dir was verraten?"

Ich schaute sie gespannt an, denn so, wie sie das gesagt hatte, musste ich mit einer überraschenden Auskunft rechnen. Ganz langsam, Wort für Wort, verriet sie: „Eine der Damen bin ich. Wenn du errätst welche, darfst du dir etwas wünschen. Aber du darfst nicht am Tischtuch ziehen. Guten Appetit!"

Sie genoss ihre Suppe in vollen Zügen und schien nicht bemerken zu wollen, wie ich sie anstarrte. Warum sollte ich ihr Abbild unter der Tischdecke suchen, wo es doch als Original mir direkt gegenüber saß?

Ob es an der Beleuchtung lag, an ihrer Stimme, an ihrem Makeup, das sehr zurückhaltend aufgetragen war und nur ihren Mund kräftig, auberginenrot betonte und die Ränder der Lippen mit einem dünnen, dunkelblauen oder schwarzen Strich hervorhob - oder ob es meine Spannung darauf war, wie sich dieses wunderbare Spiel fortsetzen sollte: ich hätte die Suppe am liebsten stehen gelassen und meine Frau ins Schlafzimmer geführt.

„Hast du mich schon gefunden?", fragte sie. „Oder kennst du mich gar nicht so genau?"

Ich schaute mir die Körper, oder was immer davon zu sehen war, genauer an. Bei den Lichtverhältnissen und den relativ kleinen Ausschnitten, die die Tischdecke freigab, musste ich wohl irgendeinen Hinweis finden, der eindeutig auf ihren Körper hinwies. Aber was konnte das sein? Sie hatte weder Male noch Narben auf ihrer Haut...

Als Hauptgang servierte sie asiatische Auberginen in Massaman-Sauce, dazu trockenen, roten Reis. Das Gemüse eroberte meinen Gaumen vollständig. Nach jeder Gabel fuhr meine Zunge im Mund herum wie im Stall der Hahn, der keine Henne auslassen möchte. Doch das richtige Bild – ich konnte es nicht finden. Immer wieder versuchte ich die Ausschnitte, die ich erkennen konnte, in Gedanken zu ergänzen und in der Phantasie mit Bildern meiner Frau in Deckung zu bringen. Ich stellte sie mir stehend und liegend vor, gestreckt, gebeugt, sitzend und zusammengekauert. Aber was ich sah, fand ich nicht wieder unter dem Tischtuch. Und je länger ich erfolglos blieb, desto erregter machte mich das Suchen.

„Wenn du mich nicht findest, darfst du dir nichts wünschen", sagte sie, als sie meinen Zustand bemerkte.

„Das klingt, als freutest du dich darüber."

„Sicher! Wenn du dir nichts wünschen darfst, dann darf ich es. Und zwar noch vor dem Nachtisch. Einverstanden?"

Ich nickte sofort zustimmend, denn mit so einer erfreulichen Lösung hatte ich nicht mehr gerechnet.

„Ich wünsche mir, dass du in fünf Minuten die Kerzen in diesem Zimmer löschst und mit geschlossenen Augen in dein Arbeitszimmer kommst und sie nicht öffnest, bevor ich es sage. Denk an Orpheus und Eurydike!"

Sie stand auf und verschwand in meinem Arbeitszimmer.

Ich blieb allein zurück, zupfte ein bisschen an der Tischdecke und hob sie schließlich sogar an, um vielleicht doch noch meine Frau zu entdecken. Aber der eine Körper war so begehrenswert wie der andere, und es waren immer nur Teile von Körpern. Sobald ich sie in dem einen glaubte identifiziert zu haben, entdeckte ich sie auch in einem anderen. Und dass das nicht sein konnte, blieb mir selbst in meinem ziemlich aufgelösten Zustand nicht verborgen.

Dann fielen mir die fünf Minuten wieder ein. Ich erhob mich, blies die Kerzen aus, begab mich mit klopfendem Herzen vor die Tür meines Arbeitszimmers, legte die Hand auf die Klinke, schloss die Augen („ ...und dass du die Augen nicht öffnest, bevor ich es sage!") und trat ein. Eine Hand führte mich zwei oder drei Schritte ins Zimmer hinein und ließ mich wieder los. Und obwohl ich die Augen fest geschlossen hielt, legte sich ein weiches, duftendes Tuch über sie; über meinem Hinterkopf zog sich langsam ein Knoten zusammen und sorgte für einen Druck, der meinen ganzen Körper erfasste. Dann wurde die Tür sorgfältig geschlossen - und ich wartete, alle Nerven, die Haare, jedes Zentimeterchen meiner Haut aufs Äußerste alarmbereit.

Leise begann eine Musik zu spielen. Klänge, die mich schnell und tief in eine andere Welt führten, in der warme Farben sich eng umschlungen hielten, sich mischten und changierten, umeinander flossen und sich gegenseitig in sich aufnahmen. Luftströme schienen sie anzutreiben, die aus immer anderen Richtungen kamen, und sie schienen auch mich aufzunehmen und mit sich fortzuführen.

Ich war so vertieft in diese Bilder, dass ich aus diesem einen Märchen in das nächste fast hinübergerissen wurde, als ich hinter mir ihren Körper fühlte, von dem ich sofort wusste, dass er nackt war. Zwei Hände öffneten sicher den Knoten meiner Krawatte, öffneten das Hemd und streiften beides ab von mir. Sie öffneten meinen Gürtel und ließen sich langsam an den Beinen hinuntergleiten. Für einen kurzen Augenblick pressten sich Brüste an meine Schenkel. „...und die Augen nicht öffnest, bevor ich es sage!", hatte sie gefordert. Aber ich hätte sie niemals geöffnet, denn was da mit mir geschah, erfuhr durch meine Phantasie noch eine ungeheure Steigerung. Bald stand auch ich nackt da und spürte ihren Körper, wie er sich tanzend und werbend um mich herum bewegte und mich hier und da auffordernd streifte und liebkoste. Einmal schien ein Büschel Haare meinen Rücken zu erkunden. Ich konnte es kaum noch aushalten, als sie mich hinabzog auf den Boden, der, so fühlte es sich an, mit Kissen ausgelegt war. Dann lag sie unter mir, und ich tauchte ein in eine feste Feuchtigkeit. Sie begann ihren Körper auf und ab zu bewegen wie eine Welle, drückte mich mit ihren Händen gegen die Wellen, immer hemmungsloser, bis ein starker, gleichmäßiger Strom mich auf köstliche Weise schwächte. Ich lag auf ihr, atemlos, glücklich, die Augen geschlossen. Die Wellen liefen aus, langsam, umspülten mich noch für eine Weile.

Ich spürte sie atmen. Anders als sonst, ging es mir durch den Kopf; auch sie war stark erregt von der Kraft meines Orgasmus. Aber dann rollte sie mich sanft auf die Seite und deckte mich mit Kissen zu. Ich atmete tief und seufzte wie im Rausch und hörte kaum noch, wie sie das Zimmer verließ.

Nach ein paar Minuten - es können nicht viele gewesen sein, ich sehnte mich schon bald wieder nach meiner Frau -, stand ich auf, zog mich an und tastete mich auf Zehenspitzen zurück ins Wohnzimmer, denn ich wollte dieses Gefühl, das noch in mir pulsierte, nicht verlieren.

„Wenn du möchtest, darfst du jetzt die Augen öffnen."

Bedächtig, den Augenblick, der jetzt kommen musste, genießerisch hinauszögernd, löste ich den Knoten. Da stand meine Frau und schaute mir entgegen und schmiegte sich an mich, als ich sie matt und zufrieden in den Arm nahm. Sie zitterte vor Erwartung. Und sagte leise und unendlich verliebt, als könne sie es kaum noch erwarten: „Jetzt möchte ich mit dir schlafen!"

Sie können sich nicht vorstellen, wie es mir aufs Neue durch den Körper schoss! Aber dann ... hatte ich richtig gehört?

„Komm", sagte sie, „jetzt will ich dich haben!"

Nein, das konnte nicht sein! Es konnte nicht sein, dass meine eigene Frau ... dieser Gedanke nahm mich gefangen, machte mich völlig verrückt...

Ich war noch nie ein so guter Liebhaber wie an diesem Abend. Der Gedanke, dass ich ... dass meine eigene Frau das arrangiert hatte, hatte mich wild und einfallsreich und zugleich unendlich zärtlich gemacht. Ich quälte sie mit Langsamkeit, steigerte ihre Sehnsucht, untersuchte ihren Körper nach allem Schönen, schaute sie genau an, um nie wieder auch nur ein einziges Detail zu vergessen. Ich zog sie auf mich und mit hinein in die Wellenberge und -täler, krallte meine Hände in sie und zog sie an den Strand, wo sie mit heißem Gesicht Geborgenheit an meinem Hals suchte.

Aber später, wenn ich diese Nacht mit denen nach dem Bauchtanz und der Perle verglich, wurde ich unsicher. Kein Zweifel: diese war die schönste. Doch ich bin mir bis heute nicht sicher, ob ich eine oder zwei Frauen geliebt habe.

Der Reiz der Wahrheit

Ein auffälliger Mann ist er, mit einer festen, proportionierten Figur. Schneeweiße Fliege, maßgeschneiderter Anzug. Wer ihm in die Augen sieht, entdeckt sofort Sicherheit darin. Überlegenheit. Wenn man ihn sprechen hört, erkennt man etwas von der Weisheit, die sich bei Männern über 60 zeigt, wenn sie dankbar sind für ihr bisheriges Leben.

Er gehört zu den ältesten Besuchern der Bar, deren Publikum durchweg 20, 30 Jahre jünger ist als er. Gut situierte Leute. Viele Singles.

Wer, wie er, zu den Stammgästen gehört, wundert sich aber früher oder später über seine Zurückhaltung. Nie führt er laute, für alle Anwesenden gedachte Gespräche, noch schmückt er sich mit Frauen. Bekannte oder Freunde hat er noch nie mitgebracht. Gelegentlich wechselt er ein paar Worte mit dem Barkeeper. Zumeist sitzt er aufrecht auf seinem Hocker am Tresen und ist einfach nur da, genauso auffällig wie unauffällig.

„Wie jemand aus einer Zeit, die ihm weggelaufen ist."

„Oder wie ein Heiratsschwindler!"

Kristin und Hanne gehören zu den Stammgästen. Freundinnen, die sich wöchentlich hier treffen und dabei schon öfter über den Mann spekuliert haben, der, vom Alter her, ihr Vater sein könnte.

„Wie kommst du auf Heiratsschwindler?", fragte Hanne.

„Er sieht so seriös aus. So gepflegt. Trotzdem passt er nicht hierhin." Kristin schaute hinüber zum Tresen. „Außerdem guckt er dich ziemlich direkt an, ist dir das noch nicht aufgefallen?"

„Doch", sagte Hanne. „Wir sind ja auch ein bisschen overdressed heute Abend, oder!?" Die beiden Frauen waren aus der Oper direkt hierhergekommen.

„Dein Kleid ist nicht ganz unauffällig, stimmt!"

Hanne schlug die Beine übereinander und strich ihr Kleid glatt. Die Seide hatte sie sich vor einigen Jahren in Thailand gekauft, der Schnitt stammte von ihrer Großmutter. D.h., sie hatte ein längst zerschlissenes Kleid, das ihre Großmutter ein Leben lang zuerst mit, dann gegen jeden Modetrend getragen hatte, einer Schneiderin zur Vorlage gegeben. Das Rot, das im Licht der Tropen hell geleuchtet hatte, zeigte sich in Europa etwas blasser. Um ihm das eingebüßte Feuer zurückzugeben, hatte Hanne es auf der Vorderseite mit einer auf der Spitze stehenden Raute aus sehr feinem, dunkelgrünem Samt schmücken lassen. Gewagt, denn die obere Spitze drängte sich zwischen ihre Brüste, die untere zwischen die Schenkel. Und gekonnt zugleich, weil es eng anliegend, nicht zu eng! ihrem schlanken Körper mehr Form gab, als er tatsächlich hatte. Hanne hatte die Figur ihrer Großmutter: nichts von Üppigkeit.

„Was er wohl beruflich macht?"

„Ich tippe auf Kunstgalerie." - „Glaub' ich nicht. Galeristen bewegen sich mehr im Vordergrund." - „Vielleicht pensionierter Lehrer." - „Der? Nie! Kannst du dir den vor einer Schulklasse vorstellen?"

Vor Schülerinnen gut! dachte Hanne. Die ganze Klasse wäre in ihn verliebt. Und sie würde alles begierig lernen wollen von ihm - nur nicht den Lehrstoff.

„Verheiratet ist er jedenfalls nicht", überlegte Kristin.

„Er ist jedenfalls noch nie mit einer Frau gekommen", sagt Hanne.

„Also doch Heiratsschwindler!"

Die beiden lachten. Weil sie wussten, dass diese Behauptung kaum etwas Wahres haben dürfte.

„Nächste Woche wieder um neun?", fragte Hanne beim Abschied. Kristin nickte.

Doch zur nächsten Verabredung war sie nicht da. Stattdessen winkte der Barkeeper Hanne an den Tresen. „Ein Gespräch für Sie."

Kristin! Sie müsse sich um ihre Mutter kümmern, die einen Schwächeanfall gehabt habe, erklärte sie. „Vielleicht komme ich später. Aber warte nicht auf mich!"

Hanne gab den Hörer an den Barkeeper zurück.

„Hoffentlich keine schlechten Nachrichten", sagte da eine sanfte, feste Stimme.

Der Heiratsschwindler!

„Sie sind doch nicht etwa versetzt worden!?"

Hanne schaute dem Mann direkt in die Augen. Und erkannte, dass er es nicht spöttisch meinte. Und weniger aggressiv, als sie zunächst gewollt hatte, ja: fast erleichtert antwortete sie: „Doch!" Und musste sogar lächeln.

„Darf ich Sie zu einem Glas einladen? Man könnte doch sagen, dass wir uns schon kennen."

Er stellte sich mit Namen vor und reichte ihr die Getränkekarte. „Der Champagner ist ausgezeichnet."

„Gern", sagte sie. „Aber wie meinen Sie das, dass wir uns schon kennen?"

Er stutzte.

„Sie haben recht: das klingt wie eine plumpe Anmache. Ich wollte damit nur sagen, dass ich Sie und Ihre Freundin - ich vermute, dass sie das ist - dass ich Sie beide schon mehrmals hier gesehen habe. Und, um ganz offen zu sein: ich hatte den Eindruck, dass Sie auch über mich gesprochen haben."

„Stimmt!"

Hanne fühlte sich sicher, und das „Stimmt!" hatte einen versteckt neckischen Unterton. Das unerwartete Rendezvous begann sie zu fesseln.

„Was haben Sie über mich gesprochen?", wollte der Heiratsschwindler wissen.

Auf einmal spürte sie einen Reiz, der von dem Gespräch mit diesem Mann ausging. Und dass dieses angenehm aufregende Gefühl stärker werden würde, wenn sie die Wahrheit sagt.

„Wir haben darüber nachgedacht, wer Sie sind und was Sie tun. Und warum Sie so oft hier sind. Allein ..."

„Und ...?"

Er lächelte sie so männlich und aufrichtig an, dass sie verlegen wurde.

„Ich glaube nicht, dass wir darüber reden sollten."

Aber sie entsann sich des Reizes, den die Wahrheit ausübt, und setzte schnell hinzu: „Es sei denn, dies ist und bleibt ein Gespräch unter vier Augen!"

Sie richtete sich kurz auf ihrem Barhocker auf, setzte sich bequemer wieder hin und bemerkte, dass er dabei ihre Hüfte und ihre Beine betrachtete.

„Und dann ist da noch eine Bedingung: Sie erzählen mir, was Sie gedacht haben, als Sie uns betrachtet haben, meine Freundin und mich."

Ihre Sicherheit wurde ein wenig erschüttert, als er, nach einigem Nachdenken, antwortete: „Ich will das gerne tun. Sehr gerne sogar und im Detail! - wenn es ein Gespräch unter vier Augen bleibt, wie Sie es gefordert haben."

Dann winkte er der Bedienung und bestellte Champagner und Gebäck.

Und sie fühlte sich gedrängt, das Gespräch fortzusetzen.

„Sie trinken öfter Champagner, oder?" Hanne musste an ihre Freundin denken, die fest davon überzeugt war, dass der Heiratsschwindler ein sehr wohlhabender Mann sei.

„Nein. Nur wenn ich etwas zu feiern habe."

„Und was ist das?"

„Das verrate ich Ihnen später!"

Er sagte es anders als man eine schlichte Information weitergibt. Hanne spürte Wärme in ihrem Gesicht. Sie errötete.

„Sind Sie verheiratet?", fragte sie.

„Ich war es. Meine Frau ist schon lange tot." Hanne spürte, dass da ein kurzer Schmerz in ihm war. „Haben Sie sie geliebt?" - „Sehr, ich würde nie eine andere heiraten."

Hanne wurde mutig. „Haben Sie eine Freundin?" fragte sie und krümmte ihre Zehen.

Er zögerte. Nicht, weil er darüber nachdachte, welche Antwort in diesem Fall die geschickteste sei, sondern weil er die Wahrheit so genau wie möglich treffen wollte.

„Wenn Sie meinen, ob ich gelegentlich mit einer Frau schlafe: ja! Wenn Sie meinen, ob ich eine Frau als Freund habe: ja. Wenn Sie meinen, ob ich eine nur fürs Bett habe: dann nein!"

„Was sind das für Frauen, mit denen Sie schlafen?" - „Solche, die Erfahrung haben und nicht an Geld denken." - „Meine Freundin hat vermutet, Sie seien ein Heiratsschwindler."

Er lachte so spontan und amüsiert, dass Hanne, aus welchen anderen Gründen auch immer, besänftigend ihre Hand auf seinen Arm drückte.

„Nein, ich bin kein Heiratsschwindler. Was ich Ihnen ja leicht eingestehen könnte, da unser Gespräch unter vier Augen bleibt!"

Er schaute ihr zum ersten Mal länger in die Augen, als dass sie diesen Blick hätte übersehen können. „Ich schätze Frauen sehr und könnte sie nicht betrügen."

Hanne hatte keinerlei Zweifel an seiner Aufrichtigkeit. „Aber Sie haben doch mal diese und mal jene?"

„Das ist kein Betrügen. Sie wissen alle, woran sie mit mir sind. Sie wissen, dass ich den körperlichen Genuss suche - und auch gebe -, mehr nicht." - „Aber es bleibt doch dabei, dass Sie die Frauen benutzen?" - „Das ist ein hässliches Wort", entgegnete er. „Ich lasse mich doch auch ‚benutzen', wie Sie es nennen. Sagen Sie lieber ‚genießen'!"

Plötzlich ritt Hanne der Teufel. Und sie fragte ihn: „Was würden Sie denn antworten, wenn ich Sie hier und jetzt frage, ob Sie mit mir ins Bett gehen wollen?"

Der Heiratsschwindler war nicht in Verlegenheit zu bringen. Doch diplomatisch nichtssagend klang er ganz und gar nicht. „Wenn Sie mich das fragten, würde ich Ihnen auf jeden Fall eine klare Antwort geben."

Hanne war mit dieser Frage zu weit gegangen. Sie hatte die Spannung gemindert, die von Minute zu Minute stärker geworden war, und sie biss sich in Gedanken auf die Lippen, die sie nicht hatte unter Kontrolle halten können. Verlegen nippte sie am Champagner und war erleichtert, als er das Gespräch neu aufnahm.

„Ihre Freundin hält mich also für einen Heiratsschwindler. Und Sie?"

Sag, was du denkst! appellierte sie an sich selbst. Der Reiz der Wahrheit!

„Ich habe..." War der Reiz zu stark?

„Sie haben was?" kam er ihr zu Hilfe.

„Ich habe mehrmals das Gefühl gehabt ... wenn ich mit meiner Freundin hier war ... früher schon ... habe ich gedacht, dass Sie mich in Gedanken ... ausgezogen haben."

Sie hatte keine Angst vor diesem Mann, dem Sie gegenüber saß. Der Reiz der Wahrheit machte sie schwach, aber sie hatte das Gefühl, durch die Schwäche eine nie erlebte Stärke zu gewinnen.

„War Ihnen das unangenehm?"

Sie war so dumm, zu lügen. „Ich mag Männer nicht, die so mit Frauen verfahren." - „Und trotzdem sprechen Sie mit mir!?"

Ja, ja! hätte Hanne gerne gesagt. Ja, ich will mit Ihnen sprechen! Immer weiter, sagen Sie die Wahrheit, fragen Sie mich nach der Wahrheit, die mich mehr aufregt als alle Hände dieser Welt!

Ohne es zu wollen, trank sie Champagner als sei er Wasser. Er war immer noch gut gekühlt, schäumte durch ihren Hals, teilte sich auf und sammelte sich hinter ihren Brüsten, wühlte sie auf, füllte sie an zum Platzen - so schien es ihr. Wie konnte es sein, dass ihr Körper so reagierte? Dass sich ihre Figur plötzlich veränderte? Ihr Selbstvertrauen, das, seitdem sie eine Frau war, durch nichts erschüttert werden konnte als allein durch ihre kleinen Brüste - dieses Selbstvertrauen zerrann in wenigen Augenblicken, während der Mann gegenüber auf Antwort wartete. Alles richtete sich auf in ihr, alles wurde üppig und drängte nach Öffnung.

Hanne rauchte selten. Jetzt tat sie es. Er gab ihr kein Feuer - was sie weiter erregte. Und so ergab sie sich von neuem dem Reiz der Wahrheit.

„Womit haben Sie angefangen?"

„Sie meinen ...."

„Was haben Sie mir zuerst ausgezogen?"

Hanne schaute ihm in die Augen. Streng sollte ihr Blick werden, Selbstsicherheit signalisieren. Aber als er dann trotzdem - nichts hatte sie heftiger gewünscht!- zum Angriff überging, ergab sie sich mit Lust.

Er füllte ihre Gläser nach und begann zu reden.

„Sie waren mit Ihrer Freundin hier an dem Abend. Sie hatten hochhackige, smaragdgrüne Schuhe an und ein rotes Seidenkleid. Die Halskette hatte einen ebenfalls roten Rubin. Und Ihr BH und Ihr Slip - waren auch rot."

Alles in Hanne geriet in wunderbare Unordnung.

„Ich habe Sie noch nie rauchen gesehen!", sagte er nach einer wohldosierten Pause. „Sind Sie aufgeregt?"

Die Ironie war nicht zu überhören. Aber sie war nicht gehässig. Hätte sie ihn in diesem Augenblick angeschaut, wären ihr seine unruhigen Hände aufgefallen.

„Sie hatten die Beine übereinandergeschlagen. Also habe ich mit einem Schuh angefangen."

Es brannte.

„Tragen Sie gerne hohe Absätze?"

Sie zögerte.

Man sagt ja, dass Männer sich in ihrer Phantasie oft Frauen vorstellen, die außer hochhackigen Schuhen nichts anhaben."

Sie schwieg, war aber nicht still.

„Wissen Sie, warum? Weil die hohen Absätze die Frauen zwingen, kerzengerade zu stehen, stolz und erhobenes Hauptes. Und das bedeutet, dass sich ihr Venushügel weit nach vorn streckt. Als wolle er sich anbieten."

„Und warum haben Sie mir zuerst einen Schuh ausgezogen?"

„Vielleicht, weil Sie mir den Fuß entgegengestreckt haben."

Sie konnte sich an diesen Moment erinnern. Sie erinnerte sich, dass er an dem in Frage kommenden Abend immer wieder und länger an ihren Tisch herübergeschaut - und dass sie ihre Beine übereinandergeschlagen hatte, um sich innerlich aufzurichten.

„Im Kino ist es dann immer so", sagte sie, „dass der Mann die Frau sanft aufs Bett zurückbeugt, ihr den Rock hochstreift und mit der Hand auf der Innenseite des Oberschenkels langsam emporgleitet."

„Und dabei schaut er ihr tief in die Augen und erwartet ihre hinreißende Kapitulation - nein, hätten Sie sich das so gewünscht? So direkt und so schnell?"

Sie sagte nicht nein, obwohl sie es dachte. Ihre Unsicherheit war verschwunden. Nun wartete sie ab. Er hatte schließlich angefangen sie zu entkleiden.

„Eine Frau, die sich die Schuhe ausziehen lässt, gibt damit genug Zustimmung. Sie hat Anspruch darauf, als etwas ganz Besonderes behandelt zu werden."

Hanne konnte nicht verhindern, dass es trotzdem wie im Film weiterging: dass ihre Brüste sich innerhalb von Sekunden versteiften und sich allem, aber auch allem entgegenstreckten.

„Und was bedeutet das?", fragte sie.

„Dass er sie nicht auspackt wie irgendein Geschenk. Verpackung nährt die Phantasie. Und sie weckt das Verlangen. Was kann ich mir nicht alles vorstellen!"

Sie stärkt auch das Verlangen der Frau, dachte sie. Und hätte in diesem Augenblick nicht gewusst, ob sie lieber angekleidet geblieben oder doch lieber ausgezogen worden wäre. Dass sie ihm fest in die Augen sah, war der unbewusste Versuch, eine Antwort zu finden. Er hielt ihrem Blick stand. Doch dann begannen seine Augen zu wandern. Sie spürte sie beinahe über ihren Pulli wischen. Und sie wartete darauf, dass er endlich auf ihr Geheimnis stoßen - und wie er darauf reagieren würde.

„Was schätzen Sie am Körper einer Frau am meisten?", fragte sie ihn, und ihr Mut bereitete ihr zusätzliche Lust.

„Dass er zittern kann. Dass sich die Bauchdecke, die Brüste, die Nasenflügel, sogar die Knie heben und senken und sagen können: komm! - Aber so weit waren wir noch lange nicht!", fügte er hinzu.

Doch! dachte sie. So weit bin ich schon.

„Das rote Kleid, das Sie an dem Abend getragen haben, war aus Seide, nicht wahr?"

Er schenkte ihr Champagner nach.

„Wenn man mit den Händen oder den Fingerspitzen darüber streicht, knistert es."

Sie trank einen Schluck.

„Soll ich Ihnen etwas verraten?"

Sie trank noch einen Schluck. Hastig.

„Es geht auch mit den Augen. Sie streifen wie Fingerspitzen über die Seide, noch sanfter, und es beginnt genauso zu glühen. Das einzige, was die Finger später den Augen voraushaben ..."

Jetzt schien auch er seine Sicherheit ein wenig einzubüßen.

„Ja?"

„ ... Sie können die Brustwarzen einer Frau stimulieren. Das können die Augen nicht."

„Hätten Sie das gerne bei mir getan?" Sie wusste, was sie mit dieser Frage riskierte. Aber der Reiz der Wahrheit war zu stark.

„Ihr Kleid, das rote, ist eng geschnitten", sagte er.

Also doch! Er hatte ihre Schwäche wahrgenommen.

„Ihre Brüste sind zu klein, würden viele Männer wahrscheinlich sagen. Aber ich nicht. Ich liebe die kleinen, weil sie mir nichts vormachen.

Dann winkte er der Bedienung.

Hanne war völlig verunsichert.

„Wollen Sie gehen?"

„Ja."

Er bezahlte.

Und dann beugte er sich ihr ein Stück entgegen.

„Kennen Sie das Kamasutra? Es empfiehlt dem Mann, nicht jedes Mal alles zu wollen. Daran halte ich mich. Ich will die Spannung mitnehmen. Irgendwann wird sie gelöst werden. Ich danke Ihnen für die wunderbare Unterhaltung."

Er stand auf, verbeugte sich und ging.

Sie schaute hinter ihm her, fassungslos, bis er durch die Tür war.

Erst dann entdeckte sie seine Visitenkarte. Sie kannte die Straße, in der er wohnte. Sie war gar nicht weit entfernt.

Schwarze Haare. Himbeerrot

„Entschuldigen Sie!"

Er hörte die Bitte und das Geräusch, das ihr vorausgegangen war, nur im Unterbewusstsein. Erst als er eine flüchtige Berührung an seinem Bein spürte, nahm er sie wirklich wahr. Neugierig faltete er die Zeitung zusammen und beugte sich ein wenig vor. Halb unter seinem Tisch verborgen lag, aufgeschlagen, ein Buch, nach dem jemand vergeblich seine Hand ausstreckte. Reflexartig bückte er sich von seinem Stuhl herab und angelte ebenfalls danach, zog es zu sich herüber und schaute dabei auf die zufällig aufgeschlagene Seite. Was er sah, elektrisierte ihn. Doch es war zu spät, um noch einmal genauer hinzuschauen; die junge Frau vom Nebentisch hatte ihm das Buch schon aus der Hand genommen.

„Bitte entschuldigen Sie, ich wollte Sie nicht stören."

Sie wandte sich wieder ab und blätterte in den Seiten. Offensichtlich suchte sie die Stelle, die sie zuletzt gelesen hatte.

Er legte die Zeitung auf dem kleinen Tisch ab, trank von dem kalt gewordenen Macchiato und stach mit der Gabel ein Stück von dem Mohnkuchen ab. Er kaute aber achtlos darauf herum, ohne es zu schmecken. Denn seine ganze Aufmerksamkeit war darauf gerichtet, den Titel des Buches zu erkennen, das die junge Frau las. Das gelang ihm jedoch nicht, weil sie es auf ihre Knie gelegt hatte und mit ihrem Körper fast vollständig verdeckte. Fast hatte er den Eindruck, dass sie es mit Absicht verbarg. Aber je länger er sie beobachtete, desto sicherer war er, dass die Lektüre sie vollkommen gefangen nahm. Einmal tastete sie, ohne hinzugucken, mit der Hand nach ihrer Tasse. Doch dann zog sie sie sehr langsam wieder zurück, ohne aus ihr getrunken zu haben. Was sie sah oder las, ließ sie, wie es aussah, alles andere vergessen.

Da sie ihm den Rücken zuwandte, konnte er sie in Ruhe betrachten, ohne dass er dabei Gefahr lief aufzufallen. Zuerst fielen ihm ihre tiefschwarzen, sehr kurzen Haare in die Augen. Er musste an die Fernsehkorrespondentin denken, die er schon oft in der Tagesschau gesehen hatte. Die wie ein Seziermesser sprach. Aber die Haare seiner Tischnachbarin wirkten nicht so scharf rasiert und kalt; sie schienen empfindlicher, anschmiegsamer zu sein, als wollten sie mit der Nackenhaut spielen. Obwohl sie so schwarz waren und die Haut so weiß, erzeugten sie ein angenehmes Gefühl von Wärme. Und wie die Haare, so war sie auch gekleidet: schwarz. Der Rock, die Bluse, die Schuhe: schwarz und elegant. Kühl, doch geschmackvoll. Eine Ausnahme bildeten nur die Fingernägel, die von einem nahezu feucht glänzenden, üppigen Himbeerrot überzogen waren. Wie ihre Lippen. Eine Orgie im Verhältnis zum Schwarz. Fast glaubte er den Duft reifer Früchte zu riechen. Für eine Sekunde fühlte er sich gar zurückversetzt in den hochsommerlichen, üppig blühenden Garten eines Schulfreundes. Wie damals meinte er die Mittagshitze auf seiner Haut zu spüren und das weiche Fleisch der vollreifen Himbeeren zu schmecken, die er allzu leicht vom Blütenboden hatte abziehen können. Beinahe hätte er sich die Finger abgeleckt.

Eine Bewegung ging durch ihren Körper; sie blätterte in ihrem Buch. Und weil sie dabei auf ihre Armbanduhr schaute und das Buch weiter aufschlug als nötig, konnte er doch noch einmal einen Blick auf das Foto werfen. Und so flüchtig dieser Blick auch war: er erkannte wieder, was er vor 2 Minuten schon einmal gesehen hatte: das Bild eines Paares beim Geschlechtsakt. Die Frau, die dem Betrachter den Rücken zuwandte, saß rittlings auf ihm und stemmte beide Hände in das Fleisch ihrer eigenen Oberschenkel. Dabei zog sich die Haut ihres Rückens über der Wirbelsäule zusammen, als ob sie den ganzen Mann in sich hineinsaugen wollte. Ihr Kopf war in den Nacken gebeugt, ihr Gesicht, das nicht zu sehen war, gegen die Zimmerdecke gehoben (er meinte zu sehen, dass sie ihren Mund dabei geöffnet hielt) - und die Haare in ihrem Nacken waren sehr kurz und sehr schwarz.

Wie im Zeitraffer vermaß sein Blick die Frau am Nebentisch. Konnte es sein, dass sie die Nackte auf dem Foto war? Er war unsicher. Ihre Stimme, die er nur so kurz gehört hatte, hatte sich in seinen Ohren festgesetzt. Sie passte nicht zu den kurzen, schwarzen Haaren; sie war weich. Sehr weiblich. „Ich wollte sie nicht stören", hatte sie nur gesagt; er wusste es noch ganz genau. Aber auch, dass es geklungen hatte, als hätte sie genau das im Sinn gehabt. War da ein ironischer Ton gewesen, eine Aufforderung?

Als er sie noch einmal genauer betrachtete, begann seine Phantasie zu arbeiten. Er ließ ihr freien Lauf. Und als dabei seine Augen das Kleid, das sie trug, am Saum fassten und es sehr langsam nach oben zogen, über ihre Arme und ihren Kopf, nahm ihn sein Gefühl so plötzlich und so vollkommen gefangen, dass er ihre Hände, die doch das Buch hielten, neben seinen Hüften zu spüren meinte. Wieder roch er Himbeeren. Und ihre Bauchdecke, auf dem Foto gar nicht zu sehen, war angespannt und doch köstlich weich; die beiden Linien, die er auf beiden Seiten neben ihrem Nabel deutlich zu erkennen glaubte, liefen nach unten hin zusammen und verschwanden schließlich gemeinsam in dichten Schamhaaren, die genauso kurz und scharf geschnitten und genauso schwarz waren wie die, die mit der Nackenhaut spielten. Schneller, als ihm lieb war, geriet er in einen Zustand ungewollter Erregung. Erst als er beinahe die Kontrolle über sich zu verlieren drohte, riss er sich los aus der Träumerei, griff hastig nach seinem Glas und rückte, wie um sich selbst zu mäßigen und die Wirklichkeit zurückzugewinnen, ein paarmal auf seinem Stuhl hin und her. Hatte sie das bemerkt? Sie drehte sich jedenfalls um und sah ihm direkt in die Augen. Schien ihn zu taxieren, zu messen. Als suche sie die Antwort auf eine Frage. Dann schob sie schnell das Buch in ihre Handtasche, erhob sich, ging zur Kasse, bezahlte und verließ das Café.

Ohne nachzudenken, zahlte auch er und folgte ihr so schnell wie möglich. Was er damit beabsichtigte, war ihm nicht recht klar. Er kannte diese Frau doch gar nicht; abgesehen von dem kurzen Lächeln und der selbstverständlichen Entschuldigung, die sie hervorgebracht hatte, bestand keinerlei Verbindung zwischen ihr und ihm. Doch obwohl die Schwarzhaarige, Himbeerrote das Café nur wenige Sekunden vor ihm verlassen hatte, war sie wie vom Erdboden verschluckt. Und obwohl er beinahe im Laufschritt die Straße ein Stück hinauf- und ebenso weit hinablief, blieb sie verschwunden. Das erschien ihm alles sehr rätselhaft. Als habe er gar nicht erlebt, was in den letzten Minuten passiert war.

Nachdem er eine Weile vergeblich gesucht hatte, ging er nach Hause. Doch die kurze Begegnung ließ ihm keine Ruhe. Jetzt nicht, und in den Tagen danach genauso wenig. Er konnte nicht vergessen, was da geschehen war, und der Gedanke, dass er diese Frau wiedersehen müsse, verfolgte ihn immer öfter. Zwar wusste er nicht, was ihn eigentlich so beschäftigte: waren es die Haare, die in ihrem Nacken spielten, die ihm, je öfter er sie sich in Erinnerung rief, nach etwas zu tasten schienen? War es ihre Stimme? War es das Foto, das ihm keine Ruhe ließ? Er dachte daran, wieviele Fotos dieser Art er schon betrachtet hatte! Dieses aber, nur einmal und nur flüchtig gesehen, war mit den anderen nicht zu vergleichen. Genauer gesagt: die Frau auf dem Foto nicht mit den wenigen, die er selbst erlebt hatte. Denn diese hier schien vollkommen gefangen von dem, was sie tat. Sie schien mit Haut und Muskeln, mit Gefühl und Hingabe auf ihr Tun konzentriert. Zum ersten Mal überhaupt hatte er versucht zu empfinden, was eine Frau in dieser Situation spüren könnte. Und plötzlich wünschte er nichts heftiger, als dass ihm solche Aufmerksamkeit gelte. Dass er sich ganz vergessen könne und derjenige sei, der die Wollust der Frau an ihr Ziel bringt. An seinem Schreibtisch, beim Autofahren, selbst beim Einkaufen im Supermarkt rief er sich immer häufiger dieses Bild in Erinnerung. Jedes Mal kam es näher an ihn heran. Es beschäftigte alle seine Sinne. Ja, es „besetzte" ihn, wie er feststellen musste. Und als ihm bewusst wurde, welche Bedeutungen das hatte, zuckte er unter einem angenehmen Schmerz zusammen.

Er musste diese Frau unbedingt wiedersehen. Aber wie?

Ohne sich einzugestehen, dass er es nicht wegen des Mohnkuchens tat, betrat er einige Tage nach dieser Begegnung erneut das Café. Der Tisch, an dem sie gesessen hatte, war frei. Er nahm Platz, bestellte Kaffee und Kuchen und überließ sich, mit dem Löffel im Kaffee rührend, seinen Gedanken. Nach und nach zogen sie ihn hinein in einen Wirbel von Bildern und stießen ihn vor sich her durch die visuellen Eindrücke jenes Nachmittags, ohne dass er Zeit dazu hatte, auch nur eines der Bilder genauer zu betrachten. Zuerst war es das Buch unter dem Tisch; die Hand, die sich vergeblich nach ihm ausstreckte und seine eigene, die der anderen zuvorkam. Immer wieder rutschte das Foto des nackten Paares dazwischen, verschwand sofort wieder und tauchte erneut auf. Dann war es die Fernsehansagerin, die ohne Ton auf ihn einsprach. Sie saß aber nicht in einem TV-Studio, sondern in einem Friseurgeschäft; um sie herum auf dem Fußboden türmten sich schwarze Locken. Sie drehte sich um, stand auf, legte den Kittel, den sie zum Schutz vor den abgeschnittenen Haaren trug, ab und kam nackt auf ihn zu. Die Lippen himbeerrot. Und rechts vom Nabel Linien in der Haut, die nach unten strebten und in den dichten, schwarzen Schamhaaren zusammenliefen.

„Darf ich?"

Ohne eine Antwort abzuwarten, zog sie einen Stuhl heran, setzte sich, grub in ihrer Handtasche nach dem bewussten Buch und legte es vor sich auf den Tisch.

Weil er sie unbewegt anstarrte und dabei aussah, als habe jemand auf die Stopp-Taste gedrückt, musste sie lachen.

„Keine Angst, ich würde nur gerne etwas mit Ihnen besprechen. Ich war fast jeden Nachmittag hier, aber Sie sind nicht gekommen!"

Anders als am ersten Nachmittag schaute sie ihn freundlich an. Doch es gelang ihm nicht, auch nur ein einziges Wort hervorzubringen. Für einen winzigen Moment meinte er sich selbst als Karikatur zu erkennen, wie er versuchte nach Luft zu schnappen. Wie blöde das aussah! Auch dass mehrere andere Tische ja noch frei waren, und dass sie sich also nicht zufällig an seinen gesetzt hatte, kam ihm kurz in den Sinn, war aber auch genauso schnell wieder vergessen. Ebenso erging es ihm mit anderen Versuchen, einen Gedanken zu Ende zu führen, einen Eindruck Gestalt annehmen zu lassen. Nichts davon gelang ihm. Er war vollkommen überrumpelt! Kam sich vor wie jemand, der bei irgendetwas erwischt worden war.

„Das waren doch Sie, der damals am Nebentisch gesessen hat?"

„Ja", antwortete er einigermaßen laut und deutlich. Er wunderte sich selbst darüber; er dachte an einen geplatzten Knoten und klammerte sich sofort an die Hoffnung, die Situation vielleicht doch noch unter Kontrolle zu bekommen. Und als sie, weil eine Bedienung stehengeblieben war und sie fragend anschaute, kurz die Karte in die Hand nahm und sich einen Latte Macchiato bestellte, erkannte er die Chance, sich aus dem Gefühl der Überrumpelung zu befreien.

„Sie müssen etwas mit mir besprechen?", fragte er und plusterte sich innerlich auf.

„Ja", antwortete sie, als ob Widerspruch dagegen undenkbar sei, beugte sich zu ihm hinüber und berührte seinen Oberarm besänftigend mit einer dieser himbeerroten Fingernagelhände. Noch ehe er seinen Arm zurückziehen konnte, spürte er die Wärme dieser Berührung. Aber als er dieses Gefühl auszukosten versuchte, zog sie ihre Hand zurück, nahm das Buch, schlug es auf, ließ etliche Seiten über ihren rechten Daumen gleiten und legte es zurück auf den Tisch.

„Sie haben doch das Foto gesehen!"

Von neuem fühlte er sich überrumpelt, schuldig. Woher wusste sie das?

„Ich muss Ihnen das erklären."

Die kurzen, entschlossenen Sätze, die sie sprach, irritierten ihn. Doch ihre Stimme, die anfangs so scharf geklungen hatte, wie er sie von der ersten Begegnung in Erinnerung hatte, wurde zunehmend weicher. Das ermunterte ihn, ihr Gesicht etwas genauer zu betrachten. Es war das einer jungen Frau, die seinem Blick nicht auswich. Die ihn selbstbewusst aushielt, als mache ihr das Vergnügen. Ihre Augen strahlten eine, wie er glaubte, willkommene Aufregung aus. Und die schwarzen Haare schienen ihm nicht mehr ganz so kurz zu sein. Sie lächelte sogar ein wenig.

„Ich mache solche Fotos professionell", sagte sie. Und weil sie sah, dass er immer noch nicht verstanden hatte, worauf sie hinauswollte, ergänzte sie: „Ich suche geeignete Models."

Sehr, sehr langsam begriff er jetzt, was sie sagte. Oder meinte es zu begreifen; überzeugt war er nicht davon. Weil sich seine Gesichtsfarbe aber eine Spur ins Rot verfärbte, wusste sie, dass er verstanden hatte. Und um ihn nicht doch noch auf Abwege geraten zu lassen, ergänzte sie, dass es sich nicht um harte pornografische Darstellungen handele, sondern um Fotos für ein anspruchsvolles Frauenmagazin. „Sie kennen doch den Playboy?", fragte sie und wartete nicht auf eine Antwort. „Ich mache vergleichbare Fotos für Frauen." Was sie dann hinzufügte, ließ ihn offensichtlich so hilflos aussehen, dass sie lachen musste:

„Nein, ganz im Ernst: Sie könnten ein gutes Model sein!" Dann nahm sie einen ganzen Teelöffel voller Zucker und ließ den Zucker bedächtig wie in einer Zeremonie auf die weiche, sich unter dem Zucker öffnende Schaumkuppe rieseln, die sich über dem Kaffee aufgewölbt hatte. Er konnte beobachten, wie der Zucker ganz allmählich hineinsank in den weichen Schaum und ihn dabei hellbraun verfärbte. Ein Trichter bildete sich, der sich immer weiter öffnete. Sie senkte den Löffel hinein und rührte genussvoll in dem sahnig-weichen Kaffeeschaum. Das erregte ihn.

Sie wartete.

Und er war zur Genüge damit beschäftigt, die Einzelteile, in die er gefühlt auseinandergefallen war, wieder zusammenzusetzen. Als er das einigermaßen bewältigt hatte, nahm er all seinen Mut zusammen und nahm einen neuen Anlauf. Wer war das, die ihm da gegenüber saß? Sie hielt seinen Blick aus, als wolle sie seiner Urteilsfindung alle Zeit der Welt geben.

Hübsch war sie, aber keine Schönheit. Sehr gepflegt war sie, ja! Die schwarzen Haare, das auffällige, aber passende Make-up, die Kleidung, ihr Schmuck: das alles sprach für ein sicheres ästhetisches Empfinden. Aber sie schien ihm eine Spur zu groß und ihre Formen im Gegensatz dazu nicht ganz so rund, wie er sie sich gewünscht hätte.

„International gewünschte Maße habe ich nicht", sagte

sie mit selbstkritischer Ironie, "aber ich bin ja nur die Fotografin. Sie sind das Model! Oder könnten es vielleicht werden, wenn wir ins Geschäft kommen."

Er erschrak. "Ich ein Model?"

"Warum nicht? Sie sind jemand, der Frauen gefällt. Der liebe Gott hat sie gut ausgestattet. Aber sie sind keine makellose, langweilige Männerschönheit. Sie haben ein paar kleine Fehlerchen: Ihre Ohren stehen ein bisschen zu weit ab, und Ihr Mund könnte eine Idee kleiner sein. Das macht sie brauchbar für mich." Sie sah einmal an ihm herunter und wieder hinauf. "Den Rest kann ich noch nicht genau einschätzen. Nur ..."

"Nur?"

So ist es, wenn einem die Luft wegbleibt, dachte er. Zitterte er?

"Wissen Sie: es gibt Eigenschaften, gerade bei Männern, die kann man so oder so beurteilen. Die einen können nicht verstehen, wenn ein Mann von irgendeiner Situation überfordert ist und nicht weiß, wie er reagieren soll. Und die anderen finden gerade das liebenswert. Aber wir werden sehen. Wann haben Sie Zeit?"

Wieder war er heftig irritiert.

"Ich meine für ein erstes Gespräch in meinem Studio." Sie wischte über ihr Smartphone. "Morgen? Sagen wir: 21.00 Uhr?"

Sie drückte ihm ihre Karte in die Hand, stand auf,

bezahlte und ging. Wie bei ihrem ersten Zusammentreffen. Als hätte nie eine Begegnung stattgefunden.

‚Edelgard von Reichsfeld' stand auf der Karte. Edelgard! Er fand, das passte irgendwie zu ihr.

Er war nicht pünktlich. Er war viel zu früh. Er hatte gründlich geduscht, sich zum zweiten Mal rasiert an diesem Tag, zum zweiten Mal die Haare gewaschen und sich von oben bis unten eingecremt, hatte sich dreimal umgezogen, bevor er mit sich selbst zufrieden war - und trotzdem war er zu früh. Eine Viertelstunde. Ihren Namen hatte er sofort entdeckt auf der Klingelleiste. Aber er konnte doch jetzt noch nicht klingeln!

Also ging er ein paar Schritte auf und ab, wechselte die Straßenseite und schaute von gegenüber auf das Haus. Ein Bürohaus. Sechs oder sieben Stockwerke, nichts Auffallendes. Das heißt: in einem der oberen Stockwerke waren mehrere Fenster schwarz. Ob es dunkle Gardinen waren oder die Fenster verklebt, das konnte er nicht erkennen. War es das Studio? Seine Gefühle gerieten immer mehr in Unordnung.

Ein weiterer Blick auf die Uhr: immer noch 10 Minuten. Und um Punkt 21.00 Uhr konnte er ja auch nicht klingeln; ein paar Minuten darüber sollten es schon sein.

Da ging die Tür auf und ein Mann trat auf die Straße. Er entfernte sich rasch und blätterte dabei in einer Zeitschrift.

Beinahe wäre er in einen anderen Passanten hineingelaufen. Sonst war es ziemlich ruhig in dieser Gegend. Ein reines Büroviertel. Sauber, aber steril. Aus einem kleinen Restaurant hörte er das Zischen einer Kaffeemaschine. Sollte er nicht doch schon klingeln? Er schaute an dem Haus auf der anderen Straßenseite hinauf. Konnte es das Studio sein hinter den schwarzen Fenstern? Als er sich zum x-ten Mal an diesem Tag vorzustellen versuchte, was da auf ihn zukommen könnte, und als er sich zum x-ten Mal an diesem Tag sagte, dass er nichts tun würde, was er nicht wirklich wollte, spürte er ein eigenartiges, aber nicht unangenehmes Gefühl. Er begann, sich auf das Abenteuer zu freuen.

Punkt 21.00 Uhr. Er überquerte die Straße und klingelte. „5. Stock", schnarrte eine Stimme. Edelgard! Nach einem weiteren Schnarren ließ sich die Tür aufdrücken. Er betrat den Fahrstuhl und drückte auf die 5. Spürte kaum, dass es nach oben ging. Trat dann hinaus in einen schmalen Flur und schaute nach links. Aber die Stimme kam von rechts.

„Komisch, dass die meisten zuerst in die falsche Richtung gucken!" Die Fotografin. Er bemühte sich um einen festen, sicheren Schritt, als er die paar Meter auf sie zuging. „Sie hätten ruhig schon vorher klingeln können." Hatte sie ihn durchs Fenster beobachtet? Wie er ziellos die Straße hinauf- und hinabgetrottet war und versucht hatte, die Zeit totzuschlagen? „Sie haben doch gesehen, dass der Kandidat vor Ihnen das Haus verlassen hat." Ihm fiel sofort der Mann mit der Zeitschrift ein. Ein ‚Kandidat' also. Einer, wie er es vielleicht selber war?

Sie führte ihn in ein kleines, gemütliches Büro. „Darf ich Ihnen etwas anbieten?"

Während sie in der Küche einen Aperol Spritz mixte („Seien Sie nicht böse, wenn ich mir nur einen Saft nehme!", rief sie aus der Küche zu ihm herüber), betrachtete er die Fotos, die in allen Größen und zu Dutzenden an die Wände geheftet waren. Es waren ausschließlich Männer! Nicht eine einzige Frau dabei. Männer, von denen die meisten ein Gesicht machten, als fühlten sie sich aus irgendeinem Grund am falschen Platz. Zwei oder drei von ihnen waren vollkommen nackt und guckten beinahe unglücklich. Wohl fühlten sie sich jedenfalls nicht. Er hätte sich über diese Fotos amüsiert, wenn er nicht insgeheim schon befürchtet hätte, was nun kam.

„Ich bin gespannt, ob Sie mehr Natürlichkeit besitzen", sagte sie überraschend sanft und drückte ihm den Aperol in die Hand. Dabei strahlte sie ihn so warm an, und ihre Augen betasteten sein Gesicht so überraschend wohltuend, dass er einen Großteil der Spannung verlor, die sich in ihm aufgestaut hatte. Leider nur für einen kurzen Moment.

„Das Problem bei fast allen Männern ist, dass sie sich völlig verkrampfen, wenn sie fotografiert werden. Das betrifft ihr Gesicht genauso wie ihre gesamte Körperhaltung. Und vor allem, wenn Nacktaufnahmen gemacht werden sollen. Dann benehmen sie sich wie verängstigte, hilflose Kinder."

,Sie hat weder meinen Namen noch meine Adresse', dachte er. ,Wenn ich gehe, ist alles vorbei.'

Sie lächelte ihn an, als wolle sie ihm sofort wieder ausreden, was er da gedacht hatte. „Darf ich Sie etwas fragen, ohne lange um den heißen Brei herumzureden?"

„Ja", sagte er so selbstbewusst wie möglich.

„Was an einer Frau erregt Sie? Wie müssen die Fotos sein, die Ihnen Lust machen?" Sie nahm eine der Kameras in die Hand, die überall herumlagen und beschäftigte sich mit den Einstellungen.

Er zögerte. Bilder jagten ihm durch den Kopf und verschwanden wieder; keines blieb. All die Brüste und Schenkel waren ihm auf einmal zu wenig. Er wartete auf eine wirkliche Idee. Die kam aber nicht. Und weil die Fotografin immer noch mit ihrer Kamera beschäftigt war und offensichtlich nicht mit einer schnellen Antwort rechnete, stand er auf und trat an eine der Foto-Wände heran. Auf einer Schwarz-Weiß-Aufnahme war ein Mann mit nackter Brust zu sehen, der Gürtel der engen Hose halb geöffnet. Die Beine ein bisschen auseinander wie ein Cowboy, der seinen Gegner erwartet. Aber das Gesicht! Sein Gesicht guckte in die Kamera, als könne er nicht bis drei zählen.

Der Betrachter lachte - und in dem Augenblick blitzte es.

„Das könnte ganz gut geworden sein!", sagte die Fotografin. Sie tippte an der Kamera herum, bis das Bild erschien. Betrachtete es konzentriert, schaute dann ihn an und sagte: „Ja, da ist richtig Witz drin!", winkte ihn zu sich heran und zeigte auch ihm das Foto. Sie hatte recht. Es war tatsächlich witzig, wie er sich über die gewollte Position des Schwarz-Weiß-Mannes amüsierte. Man hatte sofort den Eindruck, dass sich der Betrachter auf dem Foto von der Peinlichkeit des Motivs distanzierte - und sie auf diese Weise noch hervorhob.

„Ich glaube, Sie haben etwas verstanden!", sagte sie. „Aber Sie haben sich mir noch gar nicht vorgestellt! Haben Sie eine Karte?"

Er fingerte eine aus seinem Portemonnaie.

„Fabian! Schöner Name!", sagte sie. „Einen Fabian hatte ich noch nie!"

Er schaute sie verblüfft an, und sie lächelte, dass es ihm die Sprache verschlug.

„Ich rufe Sie an."

Dann geleitete sie ihn zur Tür.

„Ich glaube, Sie haben etwas verstanden." Das ging ihm nicht mehr aus dem Kopf. Was hatte sie damit gemeint? Sie hatte es im Zusammenhang mit dem Foto des Möchtegern-Cowboys gesagt, über das er gelacht hatte. Und warum hatte sie ihn gefragt, wie das Foto einer Frau aussehen muss, wenn es ihn erregen soll? Oder hatte sie gesagt, wie die Frau auf dem Foto aussehen muss? Sie fotografierte doch Männer.

Nun hatte er nicht nur die himbeerrote Edelgard im Kopf, sondern dazu diese Fragen. Und am liebsten war ihm die letzte. Über sie dachte er immer von neuem nach: Wie eine Frau aussehen muss, wenn sie ihn erregen soll. Schöne Brüste muss sie haben, dachte er. Solche, die sich fordernd vom Körper abheben und im richtigen Augenblick mütterliche Zärtlichkeit versprechen. Und Beine bis obenhin, die sich nur für ihn öffnen und - ach was für ein Klischee. Wie platt! So vulgär und primitiv wollte er nicht denken. Aber stimmte es nicht? Waren das nicht die Bilder, die immer zuerst auftauchten? Ihm geriet eine Kollegin in den Sinn, die dem entsprach. Aber so schön ihre Brüste zu sein schienen (er hatte sie ja nie in natura gesehen), und so lang und attraktiv ihre Beine waren: das reichte ihm nicht. Es hatte ihn schon oft gestört, wie sie sich bewegte, wie allzu selbstbewusst sie redete, sich produzierte. So etwa entwickelten sich seine Gedanken. Und allmählich begriff er, dass es darauf ankam mehr zu zeigen, als äußerlich vorhanden ist.

Als er schließlich begann darüber nachzudenken, wie denn ein Mann aussehen muss, der eine Frau erregen soll - wie es dazu kam, fragte er sich später mehrmals, ohne sich eine Antwort geben zu können - , fiel ihm ein, was

Edelgard noch gesagt hatte: „Ich glaube, Sie haben etwas verstanden!" Und als er auch darüber ins Grübeln geriet und glaubte, dem Kern ihrer Behauptung vielleicht auf die Spur zu kommen, klingelte das Telefon.

„Wie sieht es morgen Abend aus? Wenn Sie um 21.00 Uhr kommen, sind Sie der letzte. Dann haben wir Zeit."

Diesmal klingelte er schon einige Minuten vor der verabredeten Zeit. Nämlich sofort, nachdem der ‚Kandidat', der vor ihm ‚dran' gewesen' war, das Haus verlassen hatte und, sich hastig entfernend, im Gehen eine Zigarette anzuzünden versuchte.

Wie ruhig er sich dagegen fühlte! Beinahe ausgeglichen. Und wie er sich freute, als der Aufzug ihn nach oben trug. Endlich würde es weitergehen! Edelgard hatte ihn gut beschäftigt mit ihren Fragen! Und das Bild von ihr, das er zu Anfang, nach der ersten Begegnung, im Kopf gehabt hatte, das hatte sich verändert. Er war gespannt darauf, sie wiederzusehen.

Als sich die Tür des Aufzuges öffnete, wandte er sich gleich in die richtige Richtung. Edelgard, die er auf dem Flur erwartet hatte, war nicht zu sehen. Doch die Tür zu ihrem Atelier stand offen. „Ich bin in der Küche", rief sie. „Aperol?"

Fast fühlte er sich zu Hause, als er das Glas in der Hand hielt: Edelgards feste, aber weiche Stimme, ihre himbeerroten Lippen, der kleine Büroraum mit den Fotos an der Wand - das Abenteuer konnte weitergehen. Er hatte keine Angst. Im Gegenteil. Bis ihn Edelgard erneut überraschte.

„Lassen Sie uns ins Studio gehen!"

War das hier nicht das Studio? Fabian schaute sich nach einem anderen Raum um, aber außer diesem und der Küche gab es keinen.

„Ein Stockwerk höher", sagte sie, „kommen Sie!"

Sie schloss die Tür ab und stieg vor ihm die Treppe hinauf. So, als sei jeder Schritt eine kleine Feier. Er wagte kaum genauer hinzusehen. Es stimmte ja: sie hatte nicht die ideale Figur, und ihre Beine waren tatsächlich etwas zu lang. Aber wie sie sie bewegte ... und wie sich ihre Hüften langsam heben und noch langsamer wieder senken würden...

Als sie wenige Sekunden später vor der Studiotür standen, fühlte er sich von einem eigenartigen Gefühl beherrscht, das ihn vor sich her zu stoßen schien. Und er wusste: Jetzt kommt es darauf an.

Das Studio war ziemlich groß. Bestimmt 30 Quadratmeter, schätzte Fabian. In der Mitte eine riesige, quadratische Liege, an den Wänden Vorhänge. Das Bett mit einem schwarzen Laken bezogen, darauf eine Ansammlung roter und brauner Kissen in verschiedenen Farbtönen. Die Vorhänge Nesselstoff.

„Ziehen Sie sich aus!", sagte Edelgard wie nebenbei.

Fabian schluckte. „Ganz?", fragte er wie bei seinem Hausarzt.

Edelgard, die an den Wänden entlangging und auf der Suche nach irgendetwas hier und da hinter die Vorhänge guckte, blieb kurz stehen und schaute ihm aufmunternd ins Gesicht. „Natürlich." Vielleicht wollte sie es ihm leichter machen, als sie ergänzte: „Was meinen Sie, wieviele nackte Männer ich schon gesehen habe!" Das half ihm aber wenig.

Zögerlich begann er, sich zu entkleiden. „Wohin?", fragte er und hielt ihr fragend seine Schuhe entgegen. Grinste sie? „Einfach auf den Boden. An die Wand." Das Jackett, das Hemd, die Hose, die Strümpfe. Dann stockte er. „Soll ich die Heizung höher stellen?", fragte sie. Ihr Tonfall klang unüberhörbar amüsiert, schnippisch. Nahm sie ihn nicht ganz ernst? Er wollte sich auf keinen Fall blamieren, zog sich entschlossen das Unterhemd über den Kopf und wollte, um sich nicht jetzt schon zu blamieren, auch den Slip herunterstreifen, als sie ihn stoppte. „Nein, halt! Legen Sie sich auf das Bett."

Er legte sich. Die Matratze oder was immer da unter ihm lag, nahm ihn sehr freundlich auf. Er winkelte die Beine an, stützte sich auf einen Ellenbogen und schaute ein wenig hilflos zu Edelgard hinüber. Die zog gerade eine Kamera, die auf ein Fahrgestell montiert war, hinter einem Vorhang hervor. Dann flammten Fotolampen auf. Fabian zuckte zusammen. Edelgard lachte. Aber nicht böse oder gemein. Es hörte sich an, als verstehe sie seine Unsicherheit.

„Fühlen Sie sich beobachtet?"

Wie meinte sie das?

„Wie muss ein Mann aussehen, wenn er eine Frau erregen will?" Für einen Moment kam es ihm vor, als wolle sie ihn aus seiner Befangenheit herausholen. „Haben Sie darüber nachgedacht?"

Fabian streckte zögernd die Beine aus und wartete. Wartete auf eine Reaktion Edelgards.

„So kommen wir der Sache schon näher. Aber nur Zentimeter. Noch einen Kilometer." Es schien ihr Spaß zu machen, ihn zu necken.

Fabian entlastete seinen Ellenbogen und legte sich flach auf die Seite. „Nein, auf den Rücken bitte!" Er legte sich auf den Rücken und starrte an die Zimmerdecke. „Und die Augen zu!" Er schloss die Augen.

Die Fotolampen wärmten ihn, während er wartete. Nichts geschah. Und doch spürte er die kleine Regung, vor der er sich so gefürchtet hatte. Er dachte an den Aktenordner, der zu Hause auf seinem Schreibtisch lag, aber das half ihm nicht.

Dann endlich hörte er die Stimme Edelgards. Sie klang weicher, lockender als bisher. Verstellte sie sich absichtlich? „Jetzt vergessen Sie das Atelier! Vergessen Sie mich! Denken Sie daran, wie schön es ist, sich ausstrecken zu können. Fühlen Sie Ihre Füße, Ihre Beine, Ihren Po auf dem Tuch liegen. Freuen Sie sich an ihrem Körper." Und nach einer Weile, in der es ihm nicht gelang, seine Regung zu vergessen, setzte sie leise hinzu: „Und freuen Sie sich, dass alles an Ihnen normal reagiert!"

Sie hatte sie bemerkt, die kleine Regung, kein Zweifel. Fabian fühlte sich erleichtert. Und nach einigen Minuten, in denen nichts geschah, nichts zu hören war, spürte er tatsächlich ein wohliges Gefühl. Es war warm um ihn herum. Er erinnerte sich an den einzigen wirklich sonnigen Urlaubstag auf Gotland, als er in einem Wald Blaubeeren gesammelt und unerwartet auf einen menschenleeren Strand gestoßen, sich ausgezogen und nach dem Schwimmen nackt in den Sand gelegt hatte. Er hatte die Augen geschlossen und sich daran gefreut, wie der Wind über seinen Bauch und sein Geschlecht gestrichen war; er hatte die Knie angezogen und den Sand von seinen Unterschenkeln gestreift und das Seewasser auf den Strand laufen gehört. Eine Welle war weiter als die anderen den Strand heraufgeschwemmt und hatte ihn umspült; er fühlte noch einmal, wie sie seine Haut abgeleckt hatte. Und dass er darauf reagiert hatte, als habe sich eine erfahrende Hand um sein Geschlecht geschlossen. Sein Mund entspannte sich, er lächelte. Die Augen immer noch geschlossen.

„Ja, gut!", hörte er eine freundliche Stimme, „so ist es gut. Bleiben Sie so!" Nur im Unterbewusstsein registrierte er das leise Klacken der Kamera, immer wieder. Dann war es plötzlich still.

„Und jetzt ziehen Sie den Slip aus und legen sich genauso wieder hin wie jetzt. Lassen Sie die Augen geschlossen!"

Er tat, was sie gesagt hatte, und fand zurück in die alte Position. Einen Augenblick lang fragte er sich, ob seine Regung sich noch verstärken würde. Unabsichtlich öffnete er ein wenig die Beine. Er spürte, wie er sich ausstreckte. Er spürte seinen Schwanz noch fester werden. Dachte an einen Leuchtturm und musste in sich hinein lachen. Fand sich auf einmal schön ohne sich zu sehen. Als Edelgard an der Kamera arbeitete und ein Foto nach dem anderen schoss, hörte er nicht einmal mehr das Klacken.

„Das war's!", sagte sie, und fast war er enttäuscht. Als müsse er aus einem wunderbaren Traum aufwachen. „Session beendet!"

Vorsichtig öffnete er die Augen, blieb aber nackt liegen. Erst nach einer geraumen Weile schaute er sich nach seinem Slip um, obwohl er ihn gar nicht wollte.

„Heute kommt niemand mehr." Sie stand da und schaute ihn an. Nicht als Fotografin. Ihre kurzen, schwarzen Haare streichelten ihre Wangen, das Himbeerrot erschien ihm so feucht wie nie. Und ihre Augen strahlten eine ganz und gar unprofessionelle Erwartung aus, die er bisher nicht bemerkt hatte.

„Wollen Sie nicht noch ein wenig bleiben?"

Seine Erregung, die ihn gar nicht mehr beschäftigt hatte, machte sich erneut bemerkbar. Und plötzlich war die Scham wieder da, die er vergessen hatte. Auf keinen Fall wollte er aber an den Aktenordner auf seinem Schreibtisch denken.

Die Königin,
die geküsst werden wollte

Es war ein König, der seine Königin über alles in der Welt liebte. Sie hatte goldene Haare. Außerdem eine allerliebste Stupsnase und einen samtweichen Körper. Und sie besaß ein wunderbares, kleines Geheimnis. Sie verfügte nämlich über die Kunst, den König Abend für Abend und Nacht für Nacht die herrlichsten Träume erleben zu lassen.

Außerdem war sie sehr, sehr klug.

Der König hatte aber auch einen Stiefbruder, der ihm sein Glück nicht gönnte und jahraus, jahrein darauf sann, wie er die Königin für sich gewinnen könne.

Als nun das Königspaar 10 Jahre verheiratet war, feierte es ein großes Fest. Der König lud auch seinen Stiefbruder dazu ein. Die Königin wunderte sich darüber und dachte, das tue er, weil er ein gutes Herz hatte. Aber der wirkliche Grund war ein anderer. Der König hatte nämlich gehört, dass sein Stiefbruder das Zauberhandwerk erlerne. Davor fürchtete er sich, und er wollte alles tun, um ihn von vorneherein zu besänftigen.

Als das Fest gekommen war, sah die Königin schöner aus als je zuvor. In ihr goldenes Haar hatte sie einen Kranz mit glitzernden Diamanten gewebt. Ihre Stupsnase hatte noch niemals so frisch und keck ausgesehen. Und sie trug ein Kleid, wie keiner der Gäste es je gesehen hatte - nur der König sah es nicht, denn er wusste, was es verbarg, und das war ihm noch lieber.

Die Königin tanzte ausgelassen mit allen Gästen und schwebte beinahe unentwegt über den Tanzboden, bis ihre Stupsnase vor Anstrengung glühte. Und als sie so erhitzt war vom Tanz, lud sie der Stiefbruder zu einem Spaziergang durch den Schlosspark ein.

Kaum waren sie ein paar Schritte gegangen, zog der Stiefbruder die schöne Königin an sich und wollte sie küssen. Aber die Königin wehrte sich heftig. Sie biss ihn in seine Lippe, dass das Blut nur so hervorquoll. Das erboste den Stiefbruder. Und er verwünschte die Königin: „Werde eine hässliche Alte!", stieß er hervor. Und in Sekundenschnelle ging der Zauber in Erfüllung: vor ihm stand eine Alte so hässlich, dass sich der Stiefbruder vor Entsetzen Hals über Kopf aus dem Staub machte, weit, weit weg über die Grenzen des Königreiches hinaus. Aber bevor er das tat, rief er: „Nur wer dich küsst, kann dich erlösen!"

Als die Gäste gegangen waren, suchte der König seine Liebste. Doch obwohl er überall nachschaute, fand er sie nicht. Da war nur die hässliche Alte mit dem Buckel und den verfilzten Haaren, die aus milchigen Augen zu ihm herüberschaute. Der Sabber lief ihr aus dem Mund. Dem König wurde ganz übel. Als sie sich ihm zu nähern begann, rief er seine Wache und ließ sie vertreiben.

Monat für Monat ging ins Land, doch die Königin blieb verschwunden. Der König ließ sie überall suchen. Er schickte Hundertschaften durchs ganze Land und versprach eine hohe Belohnung jedem, der sie ihm bringen würde. Doch alles ohne Erfolg.

Niemand konnte aber wissen, dass sich die Königin in den tiefsten Keller des Schlosses geflüchtet hatte, weil sie ihrem Liebsten nahe sein wollte. Oft hörte sie ihn des Nachts unruhig durch die Gemächer und über die Flure laufen und weinen und ihren Namen rufen, dass ihr Herz krampfte und beinahe stehenblieb. Aber sie wagte es nicht, ihm vor die Augen zu treten, weil er sie dann wohl auf immer aus seinem Königreich verbannen würde.

Eines Tages, viele Wochen waren vergangen, vernahm sie, dass die Berater des Königs zu einem großen Ball eingeladen hatten; der König, so hatten sie verkündet, solle sich eine neue Frau suchen. Da erkannte die hässliche Alte ihre Chance. Und weil sie sehr, sehr klug war, machte sie einen Plan.

Am Abend, als der Ball stattfand, waren die schönsten Bewerberinnen von weither gekommen, und das Fest wurde prächtiger als je ein anderes zuvor. Viele Jungfrauen umgarnten und lockten ihn. Sie machten ihm schöne Augen und versprachen ihm den Himmel auf Erden, wenn sie erst einmal in seiner Kammer wären. Sie berührten ihn wie zufällig mit zartesten Händen. Sie stellten sich so in seine Nähe, dass er den verführerischen Gerüchen, die sie verströmten, nicht ausweichen konnte. Und eine spielte in ihrem ein wenig geöffneten Mund so mit ihrer Zunge, dass jeder anwesende Mann meinte, vor Verlangen dahin zu schmelzen.

Doch der König wurde nicht recht froh.

Da kam plötzlich eine hässliche Alte auf ihn zu. Alle erstarrten. Wie war sie ins Schloss gekommen? Was führte sie im Schilde?

Der König wich einen Schritt zurück, denn die Alte strömte einen so modrigen Geruch aus, als sei sie soeben aus dem tiefsten Keller gestiegen.

„Was willst du?", herrschte er sie an.

„Ich biete Dir meine Tochter zur Frau an. Sie ist dreimal schöner als alle Jungfrauen hier zusammen."

„Wo ist sie?"

„Ich will sie Dir beschreiben."

Sie näherte sich dem König noch weiter, kam immer näher und schob ihren Mund vor bis an sein Ohr. Ihr

Gestank war kaum zu ertragen. Doch was sie sagte von dem goldenen Haar ihrer Tochter und ihrer allerliebsten Stupsnase und ihrem samtweichen Körper – und als sie von dem kleinen Geheimnis, von der Kunst sprach, die ihre Tochter beherrsche, geriet der König in allergrößte Unruhe.

„Schaff sie her!", rief er voller Unruhe und Ungeduld.

Und da wusste die Alte, dass ihr Plan aufgehen würde.

„Dann küss' mich! Küss' mich nur ein einziges Mal!", sagte sie, „und du sollst die Schöne sofort sehen."

Ihre Stimme krächzte und knarrte wie eine rostige Zugbrücke. Aber der König war dermaßen aufgeregt, dass er allen Widerwillen vergaß, den Atem anhielt, Ohren und Augen schloss und die hässliche Alte mitten auf den Mund küsste.

Alle wichen entsetzt zurück. Was war in ihren König gefahren?

Kaum hatten die Lippen des Königs die der Alten berührt, stand die Königin im Saal, schöner als je zuvor. Sie warf dem König einen Blick zu ... einen Blick ... so einen Blick, dass der König das Fest sofort für beendet erklärte und alle angereisten Jungfrauen aufs Großzügigste entlohnte. Er selbst gab sich mit dem kleinen Geheimnis zufrieden, ein ums andere Mal in dieser Nacht, bis der Morgen anbrach und er mit einem Seufzer einschlief.

Das ungleiche Paar

*A*uf dem Bahnsteig mit der verblüffenden Nummer „103" drängelten sich die Reisenden. Es war ein später Sommertag, ein heißer Sonntag. Der Löwenzahn, der in den vergangenen Monaten üppig und an zahlreichen Stellen in die Mauerspalten und Gleisbetten eingedrungen und dort wild gewuchert war, ließ sich widerstandslos hängen. Der Himmel schien sehr weit entfernt, blassblau, mit Spuren von zerwehten Wölkchen. Und der Herbst, der auf dem Kalender bereits deutlich zu erkennen war, schien noch weit entfernt.

Weil sich sämtliche Vorhersagen auf diese Wetterlage geeinigt hatten, trugen alle Wartenden hochsommerliche Kleidung. Die Männer kurzärmelige Hemden, kurze Hosen und klobige Sandalen, klettverschlossen. Selten zu ihrem Vorteil. Einige waren unübersehbar in der Landwirtschaft der näheren Umgebung beschäftigt; da nimmt man fette Mahlzeiten zu sich. T-Shirts mit den

Aufdrucken regionaler Firmen spannten sich, Schweißspuren zeigend, über pralle Bäuche. Die Gesichter darüber glänzten angestrengt.

Einfallsreicher präsentierten sich junge, muslimische Frauen. Sie unterhielten sich leise, beinahe schüchtern, doch nie eine Pause einlegend. Und sie hatten das Kunststück vollbracht, ihre Haut ganz nach dem Gebot Mohammeds gehorsam zu verhüllen, gleichzeitig aber selbst dem leisesten Lüftchen auszusetzen. Hochgeschlossene, enge Blusen zeigten, was sie züchtig verbargen, so dass nach den Buchstaben des Gesetzes die Väter nichts aussetzen, junge Männer aber dennoch alarmiert sein konnten.

Den Vogel abgeschossen hatte jedoch ein kaum zweijähriges Mädchen. Es trug nichts außer Turnschühchen und einer tief hängenden Wegwerfwindel und patschte unermüdlich und neugierig zwischen all den Gepäckstücken umher. Dabei krallte es sich immer wieder an Taschen und Beinen fest. Kaum hatte es genügend Halt gefunden, machte es sich erneut auf den Weg, vergnügt, unsicher und ungeniert. Niemand fühlte sich gestört. Im Gegenteil: Weil für den erwarteten Zug eine Verspätung von 20 Minuten angekündigt war, lohnte es sich kaum, auf einen Kaffee oder eine Bionade zu gehen, und so waren alle Wartenden erfreut über die Unterhaltung, die das kleine Mädchen ihnen bot. „Süß!", bemerkte eine glückstrahlende, sehr gepflegte Dame, die offensichtlich nicht aus dieser Gegend stammte. Sie gefiel sich sehr. Wie ein Karussell drehte sie sich bei der Ernte bewundernder Blicke, vor denen sie routiniert verlegen die Augen niederschlug.

Auf dem Bahnsteig „103" warteten still und unauffällig aber auch zwei Männer, die ein wenig anders waren, ein junger und ein alter.

Der junge trug eine Blume in der Hand. Hochaufgeschossen und schlank stand er da, fast dürr, Füße und Knie aneinandergepresst, als sei es ihm peinlich, einen halben Quadratmeter des Bahnsteigs ganz für sich allein in Anspruch zu nehmen. Sein matt silbrig grauer Anzug, das Hemd, die fest gebundene Krawatte mit dem winzigen, verklemmten Knoten, die ihm die Atemluft abzuschnüren schien, seine Schuhe viel zu spitz: das alles passte in seiner steifen Zurückhaltung nicht zu dem fröhlichen Tag. Sein Haar war gepflegt, doch so brav gescheitelt, dass man beinahe Mitleid empfinden konnte. Aber die Blume! Eine Rose. So langstielig, dass sie zerbrechlich wirkte, und so leuchtend frisch und von einem so brennenden Rot, dass sie vor den Umrissen des jungen Mannes wirkte wie auf ein Schwarzweißfoto montiert. Sie steckte geborgen in einer luftigen, transparenten Folie und war so vor Staub und Beschädigungen geschützt zumindest bis zu dem Augenblick, in dem sie überreicht werden würde. Dass sie für eine Frau bestimmt war, schien außer Frage zu stehen.

Was für eine das wohl sein würde? Diese Art Frage

stellte sich der andere, der ältere Mann. Es gehörte zu seinen heimlichen Lieblingsspielen, sich den abwesenden Teil eines Paares vorzustellen. Wenn er irgendwo warten musste und nichts zu lesen hatte oder keinen Gesprächspartner: dann spielte er dieses Spiel. Dazu nahm er sich Zeit. Und dabei kam es vor, dass er, um es spannender zu machen, in seiner Phantasie eine Person entwarf, die niemals zu ihrem sichtbaren Gegenstück passen würde. Also, sagen wir, einen Mann in den Vierzigern und eine deutlich jüngere Frau. Er mit dünnen, verklebten Haaren, die gerade noch eine Glatze verhindern, deutlich vornübergebeugt, schwitzend, nervös immer wieder auf die Uhr schauend, wozu er sich den Uhrenarm dicht vors Gesicht zieht, weil er offensichtlich schlecht sehen kann (sehr dicke Brillengläser!). Sie sorgfältig geschminkt und in all ihrer Frische appetitlich. Dieses ungleiche Paar begleitete er dann in seiner Phantasie und im Zeitraffer über den gemeinsamen Tag.

Meistens versuchte er aber die Person, um die es ging, so um ihren Gegenpart zu ergänzen, dass es passte. Das tat er auch in diesem, im Fall des grauen Jünglings mit der feurigen Rose auf Bahnsteig „103". Die Kleine mit der Wegwerfwindel war gerade vor seinen Füßen aus dem Gleichgewicht geraten und hatte sich unfreiwillig auf den Po gesetzt. Hilfesuchend guckte sie nach oben. Doch der junge Mann wollte das nicht bemerken. Demonstrativ schaute er am Bahnsteig entlang übers Gleis zum Horizont, um den Zug, auf den er wartete, auszumachen; diesen Anschein zumindest wollte er wohl erwecken. Doch der Zug kam nicht, obwohl er kopfschüttelnd auf seine Uhr guckte und die Rose von einer Hand in die andere hin- und herschob. Er reagierte auch nicht, als die Kleine sich an seinem Hosenbein festkrallte und es ihr tatsächlich gelang, sich wieder in die Aufrechte zu ziehen. Als allerdings der als durchfahrend angekündigte ICE plötzlich und ohrenbetäubend durch den kleinen Bahnhof jagte, setzte sie sich vor Schreck sofort erneut auf die Windel und begann zu schreien. Der junge Mann, dem das unangenehm, ja peinlich war, drückte sich ein paar heimliche Schritte in Richtung Treppe, deren Stufen hinab in die Unterführung liefen.

Der Alte hatte inzwischen mit seinem heimlichen Spiel begonnen. Was war das für eine Frau, die da in dem herannahenden Zug saß und bald begrüßt werden würde? Dass sie jung war, schien ihm selbstverständlich. Würde sie den jungen Mann sofort sehen, wenn sie ausstieg? Würde sie ungeduldig auf ihn zugehen oder eher laufen und ihm stürmisch um den Hals fallen? Letzteres konnte er sich bei allem guten Willen nicht vorstellen. Wenn sie zu ihm passte, nahm er an, würde sie ihn zwar sofort entdecken, nachdem sie ausgestiegen war, sich ihm aber nur langsam und schüchtern nähern. Sie würde nicht auf sich aufmerksam machen wollen, etwa durch das laute Rufen seines Namens oder durch auffälliges Winken; zögerlich würde sie sich Schritt für Schritt in seine Richtung bewegen und inständig hoffen, dass er sie bald entdecke und seinerseits die Begrüßung übernähme.

Der Jüngling wartete inzwischen an der Treppe zur Unterführung. Er stand noch genauso da wie vor einer Minute, aber er hatte sich nun in eine Nische unmittelbar an der Wand eines Kiosks gedrückt, die ihn vor dem wuseligen Hin und Her der Leute schützte. Durch diesen Positionswechsel fiel der Schatten des Bahnsteigdaches nicht mehr auf sein Gesicht.

Dieses Gesicht schien unablässig in Bewegung. Eine Bewegung im physischen Sinne war aber nicht zu erkennen. Völlig starr war es. Gänzlich unbewegt. Und doch huschten in schnellster Abfolge Emotionen darüber. In seinen Augen wechselten Erwartung und Unsicherheit, gleich stark die beiden im Versuch, die Oberhand zu gewinnen. Sein Mund offenbarte sich, wenn man nur genauer hinschaute: apart. Mit all den Zügen von Schmerz um die Lippen, die solch feine Linien erkennen lassen. Doch alles, wie gesagt, ohne die kleinste physische Regung! Bei holzgeschnitzten Figuren erlebt man so etwas, etwa im Puppentheater, wenn der Zuschauer in der starren und stets gleichbleibenden Physiognomie des Kaspers oder des Teufels je nach Situation grundlegend verschiedene Regungen wahrnimmt.

Im Lautsprecher knackte es, eine abgehackte, künstliche Stimme meldete die bevorstehende Ankunft des Zuges. Die ohnehin schon verschwitzten Wartenden gerieten in Wallung. Auch der alte Mann nahm seine Reisetasche in die Hand, gab sich aber große Mühe, den jungen trotz des lebhaft gewordenen Gedränges nicht aus den Augen zu verlieren. Seit der Lautsprecherdurchsage wirkte dessen Körper gespannter, aufgerichteter. Die Rose war in großer Gefahr, von den Hin-und Herlaufenden in Mitleidenschaft gezogen zu werden. Plötzlich sass das Windelkind unmittelbar vor dem Alten, fast in Augenhöhe, hoch auf einem tätowierten Männerarm, die Windel wie aufgeblasen zwischen Po und Arm gequetscht. Vorübergehend nahm es ihm die Sicht auf den jungen Mann, den wir der Einfachheit halber Norbert nennen. Der alte musste einen großen Schritt zur Seite treten, um ihn wieder in seinem Gesichtsfeld zu haben.

Dann rollte der Zug in den Bahnhof. Bremsen kreischten und erzeugten einen langanhaltenden Ton, der sich über sämtliche Nerven hermachte und mit einem hohen Quietschen abriss. Nach einigen Sekunden öffneten sich die Waggontüren, und es strömten noch mehr Menschen auf den Bahnsteig. Mit Rollkoffern und anderen Gepäckstücken prallten sie auf die fast geschlossene Mauer der Wartenden und kämpften sich in unerklärlicher Eile an ihnen vorbei zur Unterführung, während sich gleichzeitig die Wartenden in unsolidarischer Front zu den Waggontüren schoben. Der Alte erhielt einige Püffe von links und von rechts. Aber es gelang ihm, Norbert nicht völlig aus den Augen zu verlieren. Noch hatte er sich nicht aus der Deckung seiner Nische herausbewegt, schien aber um weitere Zentimeter gewachsen zu sein. Wie er sich reckte und um sich schaute, geriet auch physische Bewegung in ihn. Er war kaum wiederzuerkennen in der plötzlichen Dynamik, mit der er sich nun in Bewegung setzte.

Unbewusst schlossen sich die Finger des Alten um den Griff seiner Reisetasche. Der Bahnsteig leerte sich überraschend schnell, so dass er kaum Mühe hatte, Norbert zu folgen. Fast hätte er ihn sogar angerempelt, denn Norbert war unmittelbar hinter einer Anzeigetafel stehengeblieben. Der Alte murmelte eine Entschuldigung und ging ein paar Schritte weiter, bevor er Halt machte und sich so unauffällig wie möglich umdrehte.

Was er sah, übertraf jede, auch die verwegenste Variante seines geheimen Spiels. Zwar hatte er richtig vermutet: es war eine Frau, und jung war sie auch. Aber dass es eine wie diese sein würde, hätte er sich niemals vorstellen können.

Ihr Gesicht nahm ihn sogleich gefangen. Er hatte es nur sehr kurz wahrnehmen können, als er sich nach dem Beinahe-Zusammenprall eine Entschuldigung stotternd von Norbert abwandte. Aber selbst in dieser Zehntelsekunde hätte er nicht übersehen können, was er sich im Laufe dieses Tages immer wieder neu zu erklären versuchte. Es kam ihm vor, als sauge ihn dieses Gesicht an und zöge ihn in gewollter Langsamkeit ganz sachte, fest hinein in einen Strudel von widerstrebenden, angenehmen und verletzten Gefühlen, denen er nichts entgegenzusetzen hatte.

Als er also dieses Gesicht aus ein paar Metern Entfernung betrachtete, denn Norbert und diese Frau standen sich nun gegenüber und dachten nicht daran nach links oder rechts zu schauen, da spürte er es wieder. Diesmal ging es von der Kopfhaltung aus, die die Frau angenommen hatte. Es war eine Haltung, die die klassische anhimmelnde Attitüde hatte, die sich ausdrückt, indem sich die Augen, Kopf im hingeneigten Nacken, von unten nach oben richten. Anhimmeln, anbeten, unterordnen. Im Film ist das gang und gäbe so. Doch war hier nichts Unterwürfiges, dies war herausfordernd. Wie ein „Tu doch, was Du denkst!" Dazu kam ein zusammengebundener, keck zappelnder Haarschopf, der ihn an ein fast erwachsenes Mädchen erinnerte, das er im Konfirmandenunterricht kennengelernt hatte, und an dessen Namen er sich heute noch erinnert, viele Jahre danach. Das er als 15- oder 16jähriger einen Abend lang hemmungslos schwelgend geküsst hatte, zum ersten Mal in seinem Leben ohne Widerstand, als er, dazu ermuntert, nach Brüsten suchte und sie fand und sie, nicht glaubend, was er tat, in seiner Hand presste, als wäre er schon am Ziel, und von dem er gern mehr gehabt hätte, was aber angesichts ihres Alters und ihrer Erfahrung von vornherein wenig erfolgversprechend gewesen war; sie hatte sich wohl nur mit seiner damaligen Unerfahrenheit angenehm unterhalten wollen. Wenn er sie später auf der Straße grüßte, schien sie sich ihres Drängens zu schämen.

Norbert wollte die Reisetasche der soeben Angekommenen aufnehmen - die Rose hielt er immer noch in der anderen Hand -, doch das ließ sie nicht zu. Dabei schien es einen kleinen, gewollten, weil reizvollen Streit zwischen den beiden zu geben, ein Necken und nacheinander Greifen, das eine noch junge Intimität zeigte. Die ließ den Alten zurückscheuen. Und da sein Zug, mit seinem Einverständnis, ohnehin abgefahren war, nutzte er die Gelegenheit für einen Blick auf den Fahrplan. Ja, der nächste nach Hamburg ging in einer Stunde und so fort, den ganzen Tag und die halbe Nacht lang, jeweils einmal in der Stunde zur selben Minute.

Als er wieder hinschaute, waren Norbert und die Frau, die wir Roswitha nennen, nicht mehr zu sehen. Sollte er hinterhergehen? Weit konnten die beiden noch nicht sein. Doch er zögerte. Wie kam er nur auf die Idee, zwei Menschen einfach so zu verfolgen? Weder war er Detektiv noch Polizist noch waren ihm die beiden bekannt, so dass er sie hätte begrüßen können. Nein, von Verfolgung, beruhigte er sich, konnte keine Rede sein. Er würde ohnehin auf den nächsten Zug warten müssen. Außerdem würden Norbert und Roswitha ja nicht bemerken, dass er sie beobachtete. Und es interessierte ihn doch sehr zu erfahren, was dieses so ungleiche Paar miteinander anstellen würde. Also gab er nach und machte sich auf den Weg durch die Unterführung hinaus auf den Bahnhofsvorplatz.

Dort erwartete ihn die typische Kleinstadtidylle. Rechts ein Busbahnhof. Bahnsteige, ein von seiner Bedeutungslosigkeit tief in Mitleidenschaft gezogenes Dienstgebäude der regionalen Verkehrsgesellschaft, vollgeklebt mit Plakaten und längst ungültigen Hinweisen für ängstliche Reisende. Daran angelehnt ein graffitiverseuchtes Toilettengebäude, das man nur im dringendsten Notfall in Betracht ziehen würde. Dahinter ein winziger Park mit einer Ansammlung garstiger Büsche um einen Steinsockel mit einer viel zu großen Weltkugel darauf. Auf einem Mäuerchen eine Handvoll gestylter Jugendlicher, die auf irgendetwas zu warten schienen (wie jeden Tag), jeder mit einer Bierflasche entweder in der Hand oder neben sich abgestellt. Und alles zusammengehalten von reichlich Papier- und Pappmüll, Getränkepackungen und Speiseeishüllen, Dokumente des hochsommerlichen Kampfes gegen Hitze und Durst, sowie eines fortgeschrittenen Desinteresses, weggeworfen, plattgetreten, von

Regengüssen durchweicht und wiederkehrenden Sonnenstrahlen getrocknet.

Gegenüber, auf der linken Seite, führte eine Straße mit den üblichen Läden ins Städtchen: Blumen, Spielhalle, Imbiss, Eisdiele, Boutique. Und, in etwa 50 m Entfernung, der Billigbäcker einer bundesweiten Kette mit ein paar Tischen vor der Tür. Norbert, das sah er, setzte sich gerade. Roswitha saß bereits und warf, soweit er das erkennen konnte, einen Blick in die Karte.

Bis zur Abfahrt seines Zuges waren es noch gut 50 Minuten. Sollte er auch etwas trinken?

Als er die Kaffeeterrasse, zögerlich heranschlendernd, näher in Augenschein nehmen konnte, musste er feststellen, dass kein Tisch mehr frei war. Zwischen Gepäckstücken, die die ohnehin schmalen Gänge zwischen den Tischen blockierten, drängelten sich Paare, Familien, Reisegruppen. Das Café schien eine Art Freiluft-Wartesaal zu sein. Sonnenschirme wurden hin- und hergeschoben, Kinderwagen geschaukelt, Wespen abgewehrt. Einladend sah das nicht aus. Die einzige Möglichkeit - - - nein, er konnte sich doch nicht an Norberts und Roswithas Tisch setzen! Da war zwar noch ein Stuhl frei, aber seine Neugier so aufdringlich zur Schau zu stellen … Andererseits: was sprach dagegen? Die beiden kannten ihn ja nicht, er war ein unbeschriebenes Blatt für sie. Und er hatte doch seine Zeitung bei sich, die er lesen könnte.

Roswitha sah kurz auf, als er näher an den Tisch trat und vertiefte sich dann wieder in die Eis-Karte. Er verstand das als Einwilligung, als Aufmunterung. Trotzdem erkundigte er sich bei Norbert, ob er sich dazusetzen dürfe, was Norbert erwartungsgemäß zugestand.

Der Alte setzte sich also und schlug die Zeitung auf. Kaum wagte er es, die beiden genauer anzusehen. Allein beim Umblättern konnte er unauffällig den einen oder anderen Blick auf das ungleiche Paar werfen. Was hatte die beiden zusammengebracht? Diesen steifen, scheuen jungen Mann und diese selbstbewusste Frau?

Eine Kellnerin kam. Roswitha bestellte einen Cappuccino. Norbert eine Tasse Schokolade. Der Alte war überhaupt nicht darauf vorbereitet, auch nach seinen Wünschen gefragt zu werden und griff, als das geschah, überhastet nach der kleinen Karte. „Kaffee!", sagte er ohne ihn in der Karte entdeckt zu haben. Tasse oder Becher? Becher.

Bei der zerfahrenen Aktion war ihm der Wirtschaftsteil aus der Zeitung gerutscht und zu Boden gefallen. Er hob ihn auf und versuchte ihn wieder an seinem Platz unterzubringen. Das kommentierte Roswitha auf eine Art, die ihn in einen außergewöhnlichen Zustand versetzte. Ihr Blick traf ihn frontal, fundamental.

„Nimmst du Zucker?"

So hätte er sich Norberts Stimme nicht vorgestellt. Ein

beruhigender Klang, väterlich, besorgt.

„Danke!"

Roswitha fischte eines der winzigen, eng aneinandergedrückten Zuckertütchen aus der Vorratsbox und riss es auf. Sie führte das Tütchen über ihre Tasse und ließ den Zucker in den Schaumwulst ihres Cappuccinos rieseln, wo er sich ein wenig auftürmte und zugleich anfing einzudringen in das Schaumkissen, bis er ganz darin verschwand und sich die milchigen Lippen, die sich um ihn herum gebildet hatte, wieder schlossen. Der Alte konnte seinen Blick nicht losreißen von diesem so alltäglichen, so aufregenden Vorgang. Es berührte ihn auf ungewohnte Weise, wie Roswitha den Löffel nahm und ihn sanft eintauchte in die Milch und ihn in Bewegung setzte, konzentriert und eine ganze Weile.

Da wurde ihm bewusst, wie er sie anstarrte. Er rettete sich Hals über Kopf in seine Zeitung und begann den Artikel über die mangelhafte Ausbildung von Elektrolehrlingen noch einmal. Doch es gelang ihm natürlich nicht aufzunehmen, was da stand. Stattdessen ging ihm Norberts Stimme durch den Kopf. „Nimmst du Zucker?" Das hatte so zugewandt geklungen, weit über den Inhalt dieses banalen Satzes hinaus, besorgt, aber nicht sorgenvoll. Wo nahm er diesen Klang her? Den leichten, aber auch festen Ausdruck, der überhaupt nicht zu seinem Äußeren passte?

Dann raschelte etwas. Obwohl er weiter in seine Zeitung guckte, wusste der Alte sofort: das ist die Folie, mit der die Rose eingepackt ist. Es raschelte und knisterte ohne ein Ende zu nehmen, so kam es ihm vor, bis es wieder still wurde und Roswitha etwas sagte, das er zu seiner ärgsten Enttäuschung nicht verstehen konnte.

Er blätterte seine Zeitung um und versuchte dabei einen weiteren „zufälligen" Blick auf die beiden, denn seine Neugier war kaum noch zu zügeln. Roswitha hielt die Rose in der Hand, Norbert die zusammengeknüllte Folie. Sie schwiegen. Auf dem Tisch lag ein zusammengerolltes Papier, zusammengehalten von einem Bändchen. Roswitha nahm es auf, streifte das Bändchen ab, legte es behutsam auf den Tisch und las, was auf dem Papier stand. Ihre Augen wanderten vor und zurück, blieben stehen, sprangen hierhin und dorthin. Dann sahen sie in Norberts. Dann beugte sie sich plötzlich vor und küsste ihn auf die Wange. Und wie sie küsste!

Standbild: zwei Gesichter im Profil. Das eine, geküsste, ohne erkennbare Regung, zögerlich nehmend. Das andere, küssende, wie ungestüm erobernd, seine Haut erhitzt. Eines ungläubig, nichts erwidernd, einem anscheinend rätselhaften Geschehen ausgeliefert, das andere jubilierend, ungeduldig, erlöst.

Der Alte ließ seine Zeitung auf die Knie sinken; sein Weltbild stimmte nicht mehr.

Wie konnte es sein, dass der unauffällige, im Auftreten farblose Mann so offensiv und lustvoll von dieser Frau bedrängt wurde, so dass der Alte, der sich intime Vorgänge nur sehr ungern gerne direkt und von nahem betrachtete, nicht mehr wegschauen konnte?

Wie gerne wäre er an Norberts Stelle gewesen! Wie hätte er diesen Kuss erwidert!

Roswitha löste sich von ihm, zog sich sehr langsam zurück und zeigte ihm ihren Blick, aufgeladen von Vergangenem, versunken in Neues. Sie saß auf ihrem Stuhl und trank ihren Cappuccino, trank nur einen kleinen Schluck und stellte die Tasse zurück auf den Tisch. Nahm das Papier, las noch einmal, rollte es zusammen, streifte das Bändchen um es herum und steckte es sorgfältig in ihre Tasche.

Dann sprach sie mit Norbert. Der Alte konnte nichts verstehen. Roswitha sprach, und Norbert hörte zu. Eine ganze Weile lang. Da sich beide unentwegt dabei ansahen und sich von ihm nicht im Geringsten stören ließen, konnte er es wagen genau hinzusehen. Und sah, dass ihre Blicke miteinander zu tanzen begannen. Wenn sie eine Pause machte und kurz nachzudenken schien, schien sie ihn zu etwas aufzufordern. Und wenn sie redete, er sie.

Aufrecht saß sie und atmete regelmäßig. Wenn sie den Kopf neigte, senkte sich auch ihr Haarschopf. Dann blühten ihre Lippen. Den Alten jetzt als unbeteiligt zu bezeichnen, wäre falsch gewesen. Denn in diesem Augenblick erinnerte er sich an die Kraft, die solchen Blick begleitet.

Damals, vor vielen Jahren, durfte er dem nachgeben. Die Konfirmandin hatte ihn, er war vollkommen verwirrt und ließ sich allzu gern leiten, vor die Haustür gezogen, wo sie ihre Eltern auch durchs Fenster nicht sehen konnten. Hatte ihn an die Wand gedrückt und sich an ihn, dass er ihre Brüste an seiner spürte. Wie ein unwissender Zwerg kam er sich vor und doch auch als Mann, der er so gerne sein wollte, die Aussichtslosigkeit seines Wunsches zugleich erkennend. Ihre Lippen fuhren über seine, ihre Zunge an seine, dass es ihm die Gegenwart verdrehte. Sie bedrängte ihn. Ihre Hemmungslosigkeit überfuhr ihn, und in dem winzigen Augenblick, als er in all der Bodenlosigkeit einen Blick auf ihr festes, blondes Haar erhaschte, das, so schien es ihm, hinein wollte in ihn, wie es so herumflog vor seinem Gesicht, da musste auch er sich drängen, auch und wieder an ihre Brüste und sich drehen und wenden, damit sie nicht bemerkte, was geschah. Der dumme Junge!

Als er zur Besinnung kam, war ihm Röte ins Gesicht gestiegen, und er griff hastig nach seiner Kaffeetasse. Sie war aber leer. Roswitha konnte seine Verwirrung nicht übersehen haben, doch sie gestand auch ihm zu, was jeder anderer hätte genauso tun können. Sie lachte nicht, sie lächelte. Und brachte ihn völlig durcheinander.

Die Konfirmandin, nachdem sie ihn vor der Haustür freigegeben und stehengelassen hatte „Ich muss jetzt rein, sonst merken meine Eltern was", Küsschen, war von dem Augenblick an unerreichbar für ihn. Viele Wochen lang rief er sich die kurzen, unterlegenen, doch seligen Momente in Erinnerung, aber sie blieben doch nur eine Erinnerung für immer. Es war sein Glück, dass er nach vorn sah und zu unreif war, über sich selbst nachzudenken.

Jetzt, auf der Terrasse des Billigbäckers, war das anders. Er war nur ein Zeuge! Begann aber mit Norbert zu fühlen. War seine Position genauso aussichtslos wie damals seine?

„Und warum nicht?" fragte ihn Roswitha.

Was wollte sie, das er ablehnte?

Der Alte spielte sein Lieblingsspiel und stellte sich die beiden vor, wie sie sich liebten. So grau, wie er da saß und keinerlei Willen zeigte, konnte er sich nur zu gut in ihn hineinversetzen. Und es fiel ihm nicht schwer zu begreifen, dass es in allen seinen verborgenen Winkeln danach schrie, dass sie etwas unternehmen solle. Aber was konnte sie dazu bringen? Oder besser gefragt: warum hatte sie sich überhaupt mit ihm getroffen und von diesem Garnichts ins Café führen lassen?

Der Alte gab sich einen Ruck und stand auf. Stellte sich vor sie hin, mit dem Rücken zu Norbert, und schaute sie ebenso selbstsicher an wie sie ihn. „Kommst Du?" Sie nahm selbstverständlich ihre Serviette vom Schoß, faltete sie sorgfältig und in Ruhe, legte sie neben ihren Teller und stand auf. Gab Norbert freundlich die Hand, ließ die Rose auf dem Tisch liegen und schritt vor dem Alten her zu dem kleinen Gittertor in der Hecke, die die Terrasse umgab. Sie wusste genau, dass er sie betrachtete auf ihren hohen Absätzen. Und ihn machte das mutig. Er rief sie an. "Roswitha!" rief er. „Komm!" sagte sie. „Komm doch!" Wie sie ihn berührte, als er dann neben ihr ging, ihre Hüfte spürte, ihre Natürlichkeit erlebte, die Selbstverständlichkeit, mit der sie ihn zu sich nehmen und nicht zum dummen Jungen machen würde ...

„Noch einen Wunsch?", fragte die Kellnerin. Der Alte schreckte hoch. Sie hatte das Kaffeegeschirr von Roswitha und Norbert bereits auf ihr Tablett geräumt und schaute ihn an. „Nein, zahlen!" sagte er von ganz woanders.

Als die Kellnerin mit der Rechnung kam, waren Norbert und Roswitha schon weit entfernt. Aber er konnte sie noch sehen. Es sah vertraut aus, wie sie da nebeneinander hergingen, aneinander gefügt. Sie trug die Rose in der rechten Hand und hatte sich mit dem linken Arm bei ihm eingehängt. Er ging, als sei er noch einmal gewachsen, als habe ihn etwas aufgerichtet.

„Das macht dann zweiachtzig", sagte die Kellnerin. Der Alte gab ihr fünf und wollte nichts zurück.

Norbert und Roswitha waren nicht mehr zu sehen.

Als er die Treppen hinauf zum Bahnsteig stieg, war sein Zug mit 35 Minuten Verspätung angezeigt. Doch die Wartezeit verging im Flug. Genauer: im Traum, den er mit offenen Augen träumte, ganz ohne Bilder.

Dann kam der Zug, und er stieg ein. Fand einen Fensterplatz, setzte sich und stierte hinaus auf den Bahnsteig. Auf den Steinplatten zerplatzten Regentropfen. Ein Schirm blieb draußen, genau vor seinem Fenster, stehen, und als er etwas angehoben wurde, um den Blick freizugeben hinein in den Zug, erkannte er Norbert.

„Ist hier noch frei?", sagte eine Stimme in seinem Rücken.

Roswitha zeigte auf den Platz neben ihm.

„Ja", sagte er.

„Danke", sagte sie.

Da sie nicht über ihn hinweg hinaussehen konnte, stand er auf, trat etwas zurück in den Gang und machte ihr Platz. Wahrscheinlich, stellte er sich vor, bewegte sie nur ihre Lippen, doch Norbert konnte sicher schon gut von ihnen ablesen. Dann ruckte der Zug etwas zu heftig an, und sie wäre zu Boden gestürzt, hätte er sie nicht gestützt. Sie erkannte ihn. Und lächelte ihn an. Lächelte ihn an und setzte sich.

Der Zug fuhr immer schneller. Der Alte sah Roswitha an. Sie nahm es nicht wahr. Zwei, drei Minuten saß sie einfach da, versunken. Dann öffnete sie ihre Handtasche, nahm das Papier heraus und las. Es war nur diese eine Seite. Doch sie las und las.

Der Alte konnte sich nicht sattsehen an ihr.

Es dauerte lange, bis Roswitha spürte, dass Blicke unentwegt auf ihr ruhten. Sie sah auf und blickte in seine Augen. Er lächelte. Sie war verlegen. Beide empfanden sie ihr Glück.

Die Praxis

Die Villa war gut gepflegt. Jugendstil. Zwei Stockwerke. Großzügige Fenster, durch die viel Licht ins Innere eindringen konnte. Ein Portal aus schwerem Holz mit matten, eleganten Aluminium-Beschlägen. In einem kleinen Park, der wie Natur wirkte.

Vor dem Portal, umringt von Jasmin-Büschen, eine Skulptur. Eine Frau, Marmor, nackt. Wie man sie überall sieht. Auf einem Sockel stand sie, die Brüste klein und fest. Der Bauch - nein, nicht dick, keinesfalls, aber eine Spur hervorgewölbt und weiblich. Die Beine wohlgeformt. Ungewöhnlich - aber da musste man schon genau hinsehen, um das wahrzunehmen – war nur das Geschlecht. Als hätten sich mehrere Wassertropfen darauf niedergelassen, die immer glänzten, sommers wie winters.

An der Klingel - es gab nur eine - stand: Dr. A. Nur das Kürzel. Es war nicht klar, ob es sich um einen Mann oder eine Frau handelte. Was aber keine große Rolle spielen sollte, dachte er. Er hatte eine Überweisung in diese Praxis. Eine Überweisung für eine begrenzte Therapie, was auf eine strenge zahlenmäßige Beschränkung der Sitzungen hinauslief, wie er seinen Hausarzt verstanden hatte. „Entweder wird Ihnen geholfen - oder nicht. Das wird sich schnell herausstellen. Manchmal reicht eine Sitzung.", hatte der Arzt gesagt. Was ihm sehr recht war. Denn seine Nervosität, seine Unruhe, sein Drang, immer weiter zu gehen und nie stehenzubleiben, nie zur Ruhe zu kommen - das war seine Krankheit.

Er klingelte.

Eine junge Frau öffnete die Tür, eine wie überall in diesen Arztpraxen. Fast steril, aber wohlerzogen, mit einer klaren, funktionalen Sprache, vielleicht ein etwas zu kurzer Rock, obwohl sie sich den zweifellos leisten konnte.

Sie bat ihn herein und führte ihn durch einen langen Flur im Erdgeschoß. Rechts und links, in ungleichen Abständen, was auf eine unterschiedliche Größe der Räume dahinter schließen ließ, befanden sich Türen. Hinter einer schien er ein kurzes, erschrecktes, wenngleich wohliges Stöhnen wahrzunehmen, ein Seufzen, kurz, heftig, wie von jemandem, auf dessen Haut unerwartet kaltes Wasser trifft. Dann wurde er in ein Wartezimmer gebeten.

„Dr. A. kommt gleich zu Ihnen."

Es war ein Wartezimmer mit nur einem Sessel. Mit

einem Schreibtisch und dem dazugehörenden Stuhl. Und einem kleinen Tischchen, auf dem für eine Praxis ungewöhnliche Zeitschriften lagen. Und Bücher, Anthologien von Kurzgeschichten bekannter Autoren. Und, wenn er sich nicht täuschte: eine Spur von Jasmin-Geruch im Raum.

Er wartete lange.

Dann kam Dr. A. Ein Mann um die sechzig. Mit einem etwas zu weichen Händedruck, der jedoch zu seiner leisen Stimme passte. Das mag er nicht, der Patient. Es macht ihn unruhig, wenn er spürt, dass jemand nicht direkt und gerade auf ein Ziel zusteuert.

Doch die ersten Fragen des Doktors machten ihn beinahe schwindelig.

„Wann hatten sie zuletzt einen Orgasmus? Erzählen Sie! Mit wem? Und wie?"

Er zögerte. Es war schon lange her, und er musste lange überlegen. Mit seiner Frau war das. Spät abends, vor dem Einschlafen.

Dr. A. fragte nach, was er fast ein wenig lächerlich, auch peinlich fand, aber er antwortete, weil ihn das Gespräch erregte.

„Die Therapeutin, die für sie infrage kommt, ist mit ihrem Mann und den Kindern in Urlaub und kommt erst in drei Wochen wieder. Sie müssen sich also etwas gedulden. Ich werde einen Termin für Sie vereinbaren und sie davon in Kenntnis setzen. Bitte essen Sie nicht zuviel vorher und trinken Sie keinen Alkohol – und waschen Sie sich von Kopf bis Fuß gründlich mit dem Gel, das man Ihnen geben wird!"

Dr. A. verließ den Raum. Die Assistentin erschien und überreichte ihm eine kleine Tüte, in der sich ein Fläschchen befand. „Moschus" stand auf dem Fläschchen. „Nur einmal verwenden!"

Er verließ die Villa in einem etwas verwirrten Zustand. Was war das für eine Therapie? Dr. A. hatte ihn überhaupt nicht untersucht, stattdessen nur nach seinem letzten Orgasmus gefragt. Trotzdem hatte er eine ganz bestimmte Therapeutin auf ihn angesetzt...

Gerade noch rechtzeitig vor dem Termin fiel ihm das Gel wieder ein, das er benutzen sollte. Er duschte und rieb sich von Kopf bis Fuß damit ein, bevor er sich auf den Weg machte.

Diesmal öffnete eine andere Frau die Tür.

„Ich habe schon auf Sie gewartet."

„Bin ich zu spät?"

„Nein. Sie sind pünktlich. Und wir haben ja auch viel Zeit. Aber, wissen Sie, ich bin auch immer ein bisschen nervös vor einer Therapie. Kommen Sie herein!"

Es kam ihm so vor, als hätte sie sich bei der Begrüßung vorgebeugt und kurz, ganz kurz, an seinem Hals gerochen – und als sei sie zufrieden.

„Wie gehen hinauf; oben wird uns niemand stören."

Sie ging voraus, und er fragte sich, ob das wohl seine Therapeutin sei? Alles, was sie gesagt hatte, schien darauf hinzudeuten. Er hätte jedenfalls nichts dagegen, so, wie er sie wahrnahm: sehr weiblich, nicht mehr die Jüngste, doch wohlgeformt und – das Gefühl hatte er – unkompliziert. Als er hinter ihr die Stufen hinaufstieg in den ersten Stock, spürte er nicht die Unruhe, die er in Gegenwart von Dr. A. wahrgenommen hatte.

„Darf ich Sie um etwas bitten?", sagte sie, als sie im Behandlungsraum angekommen waren.

„Ziehen Sie sich in der kleinen Kabine dort um. Sie finden da die Kleidung, die für unsere Therapie geeignet ist. Ich werde mich auch umziehen."

Er hatte kaum ein Ohr für diese Aufforderung. Der Raum, in dem sie waren, nahm seine Wahrnehmung zu sehr in Anspruch. Ein großes Quadrat, der Fußboden Parkett mit einer warm schimmernden Patina - und Fenster, die verhängt waren mit hellen, leichten Stoffen. Möbel: keine! Nur ein Wandteppich mit Motiven wie aus einem indischen Tempel. Und eine sehr, sehr schmale, nicht sehr hohe, mit hellbraunem Leder bezogene Liege, an deren Kopfende ein kleiner Sessel stand.

„Bitte!", sagte sie, und er erinnerte sich an ihre Aufforderung. Er betrat den Nebenraum und fand darin einen Slip aus einem Stoff, den er nicht kannte, weich und zugleich fest und anschmiegsam. Außerdem eine weite, leichte Hose und ein T-Shirt aus demselben Stoff, die, als er sie übergestreift hatte, seine Haut zu liebkosen schienen.

Nachdem er sich umgezogen hatte, ging er zurück in den Behandlungsraum, setzte sich in den Sessel und wartete.

Plötzlich hörte er ein Geräusch.

„Erschrecken Sie nicht!", sagte sie und zog ihm, ohne, dass er sie gesehen hatte, eine schwarze Binde aus demselben, schmeichelnden Stoff, aus der seine Kleidung bestand, über die Augen, so dass er nichts mehr sehen konnte.

„Warum?", fragte er.

„Sie dürfen während der Therapie nichts sehen. Was Sie sehen möchten, dürfen Sie mich fragen. Ich erzähle es Ihnen, so gut ich kann. Legen Sie sich jetzt mit dem Gesicht nach oben auf die Liege – warten Sie, ich führe Sie! - und lassen Sie die Arme an den Seiten herunterhängen. Ich dürfte Ihnen die Arme festbinden bei dieser Therapie, aber ich glaube, wir kommen schneller zum Erfolg, wenn ich das nicht tue. Lassen Sie die Arme aber in jedem Fall nach unten hängen und fassen Sie nichts an - sonst müssen wir die Behandlung abbrechen!"

Sie führte ihn zu der Liege. Er legte sich hin, ließ die Arme nach rechts und links hinunterhängen und wartete.

Minutenlang geschah nichts.

„Sie haben sich auch umgezogen?"

„Ja."

„Was tragen Sie jetzt?"

„Ein leichtes Kleid, champagnerfarben. Darunter einen BH in mattem Schwarz. Und einen Slip in derselben Farbe. Das Kleid ist transparent."

„Sind Sie die Therapeutin, die in Urlaub war?"

„Ja".

Mehr antwortete sie nicht.

„Was denken Sie?"

Er dachte daran, dass sie mit ihrem Mann und ihren Kindern weg gewesen war.

„Nichts", log er.

„Ich tue meine Arbeit", sagte sie, „und ich tue sie mit großer Lust, weil ich viel Erfolg damit habe."

Ihre Stimme war eine Spur ungeduldig, als wollte sie jetzt endlich anfangen.

Und dann spürte er auch ihre Hände. Sie schien hinter ihm zu stehen, als sie sie ihm sanft aufs Gesicht legte und einfach dort liegen ließ. An seinem Haar strich ihr Kleid entlang (das musste es wohl sein!), und er musste daran denken, dass sein Kopf nicht weit von ihrem Schoß war. Sie kam näher, als sie mit den Händen weiter nach unten glitt, an seinem Mund vorbei, über den Hals, und sie fest auf seine Brust legte. Er spürte ihre Schenkel rechts und links an seinem Kopf, während sie seine Brustwarzen zwischen ihre Finger nahm und presste, dass ihn ein herrlicher Schmerz durchfuhr. Er spürte seine Erregung und wunderte sich, dass er dieses Gefühl nicht eher wahrgenommen hatte.

Dann trat sie zurück. Nichts geschah.

„Was tun Sie?", fragte er.

„Ich schaue Sie an. Sie sind erregt. Aber Ihr Atem ist ganz ruhig, Wir werden Erfolg haben."

Er hörte leise Schritte. Ihre Hände schlüpften in seinen Hosenbund und streiften ihm die Hose langsam, aber entschlossen nach unten, über seine Füße. Sein Schwanz stand steil.

„Möchten Sie, dass ich Ihnen auch den Slip ausziehe?"

„Bitte", winselte er fast, dass es ihm beinahe unangenehm unmännlich vorkam. Aber das war ihm schnell egal. Sein Schwanz schnellte nach oben, als sie den Slip abgestreift hatte, ohne ihm wehzutun, so als jubelte er stolz über seine Freiheit.

„Möchten Sie etwas wissen, das Sie nicht sehen dürfen? Fragen Sie nur!" wurde er aufgefordert.

Er fühlte sich so wohl, so unterworfen, so frei dennoch, dass er all seinen Mut zusammennahm und fragte, wie sein Schwanz aussah.

„Ein Schwanz ist nicht unbedingt ein sehr ästhetischer Anblick", antwortete sie. „Er sieht fast ein bisschen hilflos aus. Kampfbereit, aber ohne Gegner. Ganz allein mit dem winzigen Tröpfchen auf der Spitze. LASSEN SIE DIE ARME UNTEN!" befahl sie gerade noch rechtzeitig.

„Der Tropfen glänzt wunderbar."

...

„Wollen Sie wissen, wie mein Geschlecht aussieht?"

„Ja.."

„Es ist nass."

Er stöhnte.

„Soll ich mein Kleid ausziehen?"

„Ja!", wollte er. Und hörte, wie es auf den Holzboden glitt.

„Den BH lege ich auch ab. Er ist fast zu eng für meine Brüste. Sie sind sehr groß."

„Und der Slip?"

Darauf antwortete sie nicht. Er versuchte, es aus den Geräuschen herauszuhören, die er wahrnehmen konnte, aber er hörte nur Schritte, die sich entfernten und wieder zurückkamen. Und dann floss es kühl über seinen heißen Schwanz, dass er zitterte. Und dann streichelten ihn ihre Hände, streichelten ihn auf und ab, langsam und schneller und wieder langsam.

„Was ist das?"

„Ein Öl von einem asiatischen Baum. Es legt sich auf die Haut und tröstet sie für alles, das sie nicht bekommen kann."

„Tröstet sie?"

„Ja."

Er verstand nicht, was sie meinte.

Ihre Hände arbeiteten leicht und fest zugleich, geduldig und unentwegt, hinauf, hinab, pressten und drückten ihn sanft und satt. Er fühlte sich schweben. Und irgendwann, vermutete er, stand sie über ihm. Die Beine gespreizt. Er wagte aber nicht mit seinen Händen zu überprüfen, ob seine Vermutung richtig war. Ein Atemhauch fuhr über sein Gesicht, und er stellte sich vor, dass ihre schweren Brüste sich gleich auf seinen Körper senken würden.

„Lassen Sie die Arme unten!" sagte sie, wieder gerade noch rechtzeitig, denn er hatte ihre Hüften umfassen wollen, als sie sich auf ihn senkte. War das ihre Vagina, die das tröstende Öl auch kosten wollte? Die jetzt über seinen Schwanz glitt und ihn lutschte, presste, aussog, ihn heiß massierte. Oder waren es ihre Hände?

Seine Arme hingen untätig nach unten, als sich sein Schwanz hineinschob in welche Höhle auch immer und sie mit Strömen füllte, mit Strömen, mit Strömen...

Als er nach langen Minuten zu sich kam, spürte er zum ersten Mal die Augenbinde.

„Darf ich sie jetzt abnehmen?", fragte er matt.

Er bekam keine Antwort.

Nach einer Weile streifte er sie vorsichtig ab, zog sich an und verließ das Haus.

Das Register

*W*as für ein Absturz! Gestern die dröhnende Silvester-Sause mit Tanz und Champagner. Und heute: Stille. Alleinsein. Trostlosigkeit.

Wer hat eigentlich den 1. Januar erfunden?

Am späten Vormittag, Benjamin lag noch im Bett, hatte es zu regnen begonnen. Und jetzt, wenige Stunden später, es war schon wieder dunkel, hatte er das Gefühl, dass dieser Tag absolut überflüssig war. Die Welt war kalt und grau. Unentwegt rann das Wasser die Fensterscheiben hinunter. Und so, wie immer neue Tropfen erschienen und wieder verschwanden, so begann Benjamin irgendetwas Neues und ließ es kurz darauf wieder sein. Er wanderte ziellos durch seine Wohnung, zog Bücher aus den Regalen, blätterte darin herum und stellte sie wieder zurück. Angelte sich ein paar Nüsse aus dem Müslitopf und zerkaute sie achtlos, stellte den Fernseher an und machte ihn kurz darauf wieder aus. Zu nichts hatte er Lust. Bis er, auf der

Suche nach irgendetwas, auf das Register stieß. Es lag, seit langem unbeachtet, in einer der Schreibtischschubladen, die im Lauf der Jahre alles hatten aufnehmen müssen, was nicht allzu sperrig war, und für das es keinen bestimmten Ort gab.

Das Register war ein abgegriffenes Vokabelheft. Ohne es aufzuschlagen, hätte man nicht gewusst, was drin steht. In dem für einen Titel vorgesehenen Feld auf dem Deckblatt war jedenfalls nichts vermerkt. Trotzdem hatte es das Heftchen in sich. Benjamin hatte es vor vielen Jahren angelegt, noch im Studium, mehr aus Jux als aus Notwendigkeit, und in den ersten Berufsjahren hatte er es gelegentlich noch weiter ergänzt. Es enthielt die Namen und Telefonnummern von jungen Mädchen, die jetzt wohl längst Frauen waren, Kinder hatten, vielleicht schon wieder geschieden waren. Vermutlich sahen sie längst ganz anders aus, als Benjamin sie mit wenigen Bemerkungen, um seinem Gedächtnis auf die Sprünge zu helfen, ‚klassifiziert' hatte: „Blond", „lange Haare", „anschmiegsam", „schwierig, aber scharf", „zurückhaltend, zärtlich", „taut spät abends auf", „kommt schnell zum Höhepunkt".

Benjamin schlug das Register auf und blätterte darin herum. An Hanni konnte er sich noch sehr gut erinnern: die wollte immer ins Kino und anschließend aufs Sofa. Irgendwann war er sie leid geworden, weil sich jedes Mal dasselbe abspielte, aber nie das richtige.

Lisa - ob sie noch immer in dieser verrückten Villa wohnte? - war da ganz anders: mal wollte sie in eine Kneipe, möglichst an einen Ecktisch, und fing dann irgendwann an zu fummeln, wie sie das nannte; sie fand es aufregend, das Heimliche in der Öffentlichkeit zu tun. Oder sie schlug vor, in den Stadtwald zu fahren, das Auto zwischen den Tannen zu parken und bei Tannenduft und geöffneten Fenstern auszuprobieren, was auf den schmalen Sitzen alles möglich war.

Und Franka: groß, sehr schlank (um nicht zu sagen: knochig!) und fast unfähig zu lächeln. Dennoch hatte Benjamin eine Vorliebe für sie entwickelt, weil sie sehr aktiv war und genau wusste, wann man langsam fahren musste, um nicht zu schnell ans Ziel zu gelangen.

Und dann Yvonne. Aus demselben Semester. Sie hatten mehrere Jahre nebeneinander studiert und waren hin und wieder gemeinsam ausgegangen. An ihren Mund erinnerte er sich noch sehr genau, weil er so etwas wie unerfüllte Sehnsucht und zugleich Schmerz ausdrückte. Manchmal, hatte Benjamin das Gefühl, erschien ein kaum wahrnehmbares Zittern um ihren Mund, das eine unmittelbar bevorstehende Veränderung anzukündigen schien. Aber er hätte nie sagen können, ob sich ihre Lippen im nächsten Augenblick öffnen, sich anbieten oder, ohne es zu wollen, in unfreiwilligem Verzicht schließen würden. Nur diese beiden Varianten schienen ihm nämlich in

Frage zu kommen angesichts der Attraktivität, die Yvonne ausstrahlte - und, selbstverständlich, den Maßstäben, unter denen Benjamin seine Kommilitoninnen betrachtete. Eigentlich, musste er einräumen, waren es aber nicht nur ihre Lippen, die diesen Zwiespalt spiegelten, sondern ihr ganzes Gesicht. Denn kaum hatte das Zittern der Lippen begonnen, weiteten sich die Brauen über ihren Augen, als wollten sie die Augen mit sanfter Gewalt aufreißen. Die Lider hoben sich, und selbst die Wangenknochen schienen sich ein wenig nach oben zu strecken.

Damals, wenn Benjamin ihr Gesicht betrachtete, erschien es ihm voller unausgesprochener Wünsche und voller Verlangen, aber auch von deutlicher Angst vor Enttäuschung gezeichnet. Das hatte ihn immer weich gemacht, ganz abgesehen von den Wünschen, die ihre anderen fraulichen Angebote in ihm weckten. Mehr als Wünsche waren es jedoch nicht gewesen, denn er war nie an sie ‚rangekommen', wie er und seine Freunde es nannten. Andere hatten das aber auch nicht geschafft, hatte er gehört, und das hatte ihn beruhigt. Warum sie wahrscheinlich nie einen festen Freund gehabt hatte, war ihm schleierhaft. Hatte sie irgendeine Macke?

Benjamin hielt das Register aufgeschlagen in einer Hand und versuchte sich genauer zu erinnern. In den Seminaren hatte sie immer eine Aura der Unnahbarkeit um sich verbreitet. Trotzdem hatte sich jeder irgendwann einmal angesprochen gefühlt. Oder besser gesagt: verführerisch angelächelt. Doch kaum hatte man auch nur den geringsten Versuch gemacht, der vermeintlichen Aufforderung Folge zu leisten, stieß man auf Granit. Hatte sie Angst vor Nähe? Wollte sie nichts von sich zeigen, ihre Gefühle nicht und schon gar nicht ihren Körper?

Dabei war sie eine auf ungewöhnliche Art schöne Frau. Groß gewachsen - was Benjamin schätzte, denn er selber war auch groß -, und großzügig, doch keineswegs zu maßlos ausgestattet mit allem, was junge Männer aufregte. Ungewöhnlich waren vor allem ihre langen, üppigen schwarzen Haare, die sie um ihren Kopf geschlungen hatte, was aussah wie ein schräg sitzender, flacher Hut. Oder wie der Ring des Saturn. Und ebenso ungewöhnlich war, dass sie, soweit erkennbar, keine Kosmetika benutzte. Nicht einmal einen Lippenstift. Sie schien mit sich zufrieden. Meist stand oder saß sie in einer Haltung, die Vertrauen in die eigene Person ausstrahlte. Ja: selbstsicher war sie, meinte Benjamin sich zu erinnern. Was wohl aus ihr geworden war? War sie vielleicht doch verheiratet inzwischen? Hatte sie Familie? Wohnte sie vielleicht noch in derselben kleinen Wohnung?

Die Telefonnummer, die im Register stand, hatte Benjamin sogar noch im Kopf. Und als er sie in Gedanken vor sich hin sprach, nahm Yvonne eine immer klarere Gestalt an. Sogar an ihren Duft erinnerte er sich noch so gut, dass er plötzlich glaubte, sie stehe neben ihm. Es war ein Duft, dem er damals schon am liebsten bis zu seinem Ursprung gefolgt wäre.

Sollte er einfach mal versuchen, sie anzurufen?

Der Regen hielt immer noch an.

Und wenn er sie anrief und sich ein Mann meldete? Oder ein Kind? Was dann? Was sollte er sagen?

Benjamin klappte das Register zu und legte es zurück in die Schublade.

Aber was sollte schon passieren? Er könnte sagen, dass er sich an sie erinnert hätte und einfach mal schauen wollte, wie es ihr geht? Oder einfach wieder auflegen.

Unentschlossen blickte er den Regentropfen hinterher und stellte sich vor, dass so der ganze Abend vorübergehen würde. Er machte den Versuch sie zu zählen: wie viele waren es, die innerhalb einer Minute über eine gedachte Linie nach unten flitzten? Als er sich wiederholt verzählt hatte, nahm er sein Smartphone und wählte entschlossen die Nummer.

Ungewöhnlich lange war nichts zu hören. Aber dann rasselte es kurz im Hörer, und das Klingelzeichen kam. Es klang so banal und eintönig wie alle anderen. Trotzdem schrillte es in Benjamins Ohren wie eine Sirene. Dreimal, dann lege ich auf, versprach er sich.

„Ja?", sagte eine Stimme. Die von Yvonne, kein Zweifel.

Benjamin nannte seinen Namen.

„Ja?", sagte die Stimme.

Benjamin sprach, ein wenig zusammenhanglos, von der Uni, von den Professoren.

„Ach so", sagte Yvonne nach einer Weile, „du bist der, der immer die Nüsse gekaut hat, oder?" – „Genau", antwortete Benjamin. Es kam ihm so vor, als habe Interesse in ihrer Stimme gelegen. Er sah ihren Mund wieder vor sich, wie er Sehnsucht und zugleich Schmerz zeigte. Und plötzlich bildete er sich ein, dass sie nichts lieber täte als ihn zu treffen.

„Ich hatte überlegt, ob wir uns mal wieder sehen könnten."

Dass Yvonne nach mehrjährigem Schweigen von dieser direkten Frage überrascht schien, wunderte ihn nicht. Trotzdem war er sich seiner Sache sicher.

„Ich hab mir vorgenommen, alte Beziehungen mal wieder aufzufrischen. Jetzt, wo das neue Jahr begonnen hat." Er versuchte so forsch wie möglich zu wirken. „Ich wollte ins Kino. In der ‚Rolle' läuft ein guter Film, und hinterher könnten wir was trinken gehen."

Keine Reaktion. Dann sagte sie: „Ach nee". Und Benjamin kam es vor, als fiele der Abend in sich zusammen wie ein Luftballon, dem jemand ein winziges Loch in die Hülle gepiekt hatte. „Aber wenn du Lust hast, komm doch einfach bei mir vorbei. Du weißt ja, wo ich wohne. Und was zu essen kann ich auch machen." Der Ballon blähte sich wieder auf. „Ich bringe einen Sekt mit!", versprach er, ließ sich sicherheitshalber noch einmal die genaue Adresse geben, duschte, zog frische Sachen an und machte sich auf den Weg; der Regen hatte aufgehört.

Das Haus, in dem Yvonne wohnte - in der oberen Etage -, hatte sich gründlich verändert. Es war ein Zweifamilienhaus. Benjamin hatte es als vernachlässigtes, vielleicht sogar Ärmlichkeit ausstrahlendes Gebäude in Erinnerung. Er hatte sich immer schon gewundert, dass Yvonne es darin ausgehalten hatte. Aber nun war es renoviert. Das Dach erneuert, die Fassade geschmackvoll gestrichen, die Fenster erneuert. Der Vorgarten, der brach gelegen hatte, war neu bepflanzt und wirkte jetzt gepflegt.

„Ich habe das Haus gekauft!", erklärte Yvonne auf Benjamins entsprechende Bemerkung noch an der Wohnungstür hin. „Es musste dringend etwas getan werden, sonst wäre es langsam aber sicher weggebröckelt. Komm rein!"

Auch die Wohnung selbst hatte sich verändert. Auf den Böden lagen Teppiche; die Dielen waren kaum mehr zu sehen. An den Wänden die Filmplakate waren verschwunden, stattdessen hingen dort Bilder. „Die meisten sind Lithos", sagte Yvonne.

Ihre Stimme schien ihm etwas dunkler geworden zu sein, aber das fand er nicht uninteressant. Vielleicht war sie insgesamt dunkler geworden, als Person, dachte er. Ihre

Bewegungen eine Spur langsamer, ihre Sprache genauso. Hatten die Jahre, die vergangen waren, sie ausgebremst? Er wunderte sich, dass ihm dieses Wort eingefallen war, aber unzutreffend war es nicht. Sie wirkte vorsichtiger, hintergründiger als damals.

Während sie in der Küche Tee aufsetzte, hatte Benjamin Gelegenheit sich umzugucken. Die wenigen, aber bestimmt nicht billigen Möbel, die Vorhänge, die Beleuchtung, die Blumenvasen, die Teppiche: alles wirkte ausgesucht, persönlich.

Yvonne kam mit der Teekanne, stellte sie auf den Tisch vor das Sofa, auf dem Benjamin saß, holte zwei sehr dünnwandige Porzellantassen aus einer Vitrine und setzte sich neben Benjamin aufs Sofa. Das überraschte ihn. Sie schenkte Tee ein und wandte sich ihm zu. „Erzähl!", sagte sie.

Benjamin schaute sie an. Dann erzählte er. Von seinem Jahr in den Staaten, von seinen beruflichen Projekten, für die er in regelmäßigen Abständen rüber müsse nach Frisco, von Freunden, mit denen er noch Kontakt habe, und die sie eigentlich auch noch kennen müsse. Und während er sprach, versuchte er um ihrem Mund zu entdecken, was er sehen wollte.

Yvonne hörte zu. Fragte nach. Nickte gelegentlich mit dem Kopf, schien ihn zu bestätigen. Er genoss es, von sich zu erzählen. Und zwischen zwei Sätzen fiel ihm ein, dass er den Sekt vergessen hatte.

„Das macht nichts", sagte Yvonne, „ich trinke sowieso keinen Alkohol."

Trotzdem war es ihm unangenehm. „Und du?", fragte er, als wolle er etwas wiedergutmachen.

„Was willst du wissen?", fragte sie zurück. Und in diesem Augenblick glaubte er, zumindest den Schmerz um ihren Mund wiederentdeckt zu haben.

„Naja, was du so machst. Lebst du allein hier?"

„Ja", sagte sie. Mehr nicht. Benjamin fühlte sich auf einmal deplatziert. Als sei er eingedrungen in einen Ort, an den er nicht gehörte. Er nahm einen Schluck aus der Teetasse und stellte sie so zögerlich zurück auf den Tisch, als wolle er Sekunden schinden.

„Warum hast du mich angerufen?", fragte sie nach einer Pause. „Warum wolltest du mich treffen?" Zum ersten Mal hatte er das Gefühl, wirklich angesprochen zu sein. Sie lächelte. Aufmunternd. Wie eine Lehrerin, die ihrem Schüler Mut machen will.

„Weil ... naja, wie gesagt, ich bin über deine Telefonnummer gestolpert. Und da dachte ich, wär doch ganz nett, wenn wir uns mal wiedersehen."

„Wiedersehen...", sagte Yvonne mit einem deutlich ironischen Unterton. Sie nahm einen Schluck Tee, und als sie die weiße Tasse bedächtig wieder absetzte, so achtsam, dass man kaum hören konnte, wie Porzellan auf Porzellan gestellt wurde, fühlte er sich unwohl.

„Was verstehst du unter ‚wiedersehen'?", fragte sie.

Und da erschrak Benjamin. So hatte er sich das nicht gedacht. Er erinnerte sich an die Selbstsicherheit, die sie damals, an der Uni, ausgestrahlt hatte, die ihm aber nie verächtlich vorgekommen war. Jetzt dagegen schien Spott in ihrer Frage zu liegen. Ja, mehr noch: Distanz. Ablehnung. Enttäuschung.

„Einfach so", sagte er unsicher. Und als sie darauf mit nichts als einem langen Blick reagierte, bei dem er sich wie auf einer Anklagebank vorkam, setzte er hinzu: „Oder was hattest du gedacht?"

Yvonne machte nicht den Eindruck, als ließe sie sich von seiner so harmlos klingenden Gegenfrage verunsichern.

„Willst du das wirklich wissen?" Ihr Blick wurde eine Spur freundlicher, nachsichtiger. Benjamin war sich im Klaren darüber, dass ein „Nein" ihn in Schwierigkeiten gebracht hätte. Vermutlich hätte es das schnelle Ende des „Wiedersehens" bedeutet. Auf jeden Fall wäre er sich wie ein Verlierer vorgekommen. Zögernd sagte er also leise: „Ja", wobei seine Stimme etwas brüchig geriet.

„Dann lass uns nicht drumherum reden, aber meine laienhafte Psychologie sagt mir, dass du dich gelangweilt hast." Benjamin nickte. Nicht, weil er ihr zustimmen wollte, sondern weil er überrascht und wirklich gespannt war auf das, was nun kommen würde. „Du hast wahrscheinlich ganz schön Silvester gefeiert, und dann hast du lange geschlafen. Und hast nicht gewusst, was du mit dem Tag machen solltest. Dieses Loch nach der Feier, der graue Himmel, der Regen ..."

Yvonne machte eine Pause, aber ihre Stimme hatte sich nicht gesenkt.

„Stimmt das?"

Benjamin guckte ihr ins Gesicht. Und nickte.

„Und dann hast du gedacht: wär doch schön, eine Frau zu haben. Hab ich recht?"

Benjamin nickte noch einmal. Er war erleichtert. Die Last, sein Ziel umständlich ansteuern zu müssen und nicht zu wissen, ob er es jemals erreichen würde, war verschwunden. Er kam sich vor wie ein dummer Junge, der den Ausweg aus einer Klemme gefunden hatte.

Yvonne schaute auf die Uhr. „Wann beginnt der Film, den du sehen wolltest?"

„Halb neun."

„Das schaffen wir noch."

Benjamin, der mit dieser plötzlichen Wende nicht gerechnet hatte, fühlte sich befreit. Wovon, dazu hatte er kaum die Zeit nachzudenken. Aber es war, als hätte er ein selbst aufgestelltes Hindernis zur Seite geschoben.

Sie zogen ihre Mäntel über. Als sie die Haustür hinter sich abgeschlossen und sich auf den Weg gemacht hatten, hängte sie sich unerwartet bei ihm ein. Er wusste nicht, wie der das aufnehmen sollte. Doch als er die Wärme ihrer Hand auf seinem Arm spürte, freute er sich auf einmal auf den Film. Der Regen, der wieder eingesetzt hatte, störte ihn nicht. Sie hatte ihm ihren riesigen Schirm in die Hand gedrückt, und der spannte sich wie ein gemeinsames Dach über sie beide. Ohne zu reden gingen sie nebeneinander her.

„Weißt du", sagte sie unvermittelt. Benjamin spürte, dass sie ihm etwas mitteilen wollte. Aber sie führte den begonnenen Satz nicht zu Ende. Benjamin drückte ihren Arm unter dem seinen an sich.

„Ich hatte damals einen Freund."

Sie überquerten eine Straße.

„Er war älter als ich. Viel älter."

Benjamin schwieg.

„Eigentlich mochte ich dich damals auch, aber ..." Sie zögerte. „Darf ich so ehrlich sein wie du eben?"

Er drückte ihren Arm.

„Ich hatte immer das Gefühl, dass du nur mit mir ins Bett wolltest. Nicht nur du, die anderen auch. Und mein Freund war ganz anders." Sie machte eine Pause. „Er hat sich wirklich für mich interessiert." Pause. „Aber ...", noch eine Pause, „im Bett war er hilflos. Er wusste nicht, was er mit mir machen sollte."

Diesmal zog sie seinen Arm an sich heran.

„Aber ich konnte ihn doch nicht betrügen!" Nun war

der Damm gebrochen. „Dabei hatte ich so viel Lust. Ich hab mir so oft vorgestellt, wie es wäre, mit jemand anders zu schlafen." Wieder zog sie seinen Arm an sich, und der Druck, der sich dabei auf ihn übertrug, erregte ihn auf eine bisher nicht gekannte Weise. „Weißt du, "sagte sie, „als du eben einfach so die Wahrheit gesagt hast, dachte ich: das hättest du früher nicht getan."

Wieder schwiegen sie beide. Schwiegen vor Aufregung, bis sie am Kino angelangt waren.

Vor den Kassen hatten sich lange Schlangen gebildet. Sie stellten sich an und warteten. Es roch aufdringlich nach Popcorn. Sie versicherten sich gegenseitig, dass sie den Geruch nicht mögen und rümpften beide gleichzeitig die Nase. Mussten über sich selbst lachen. Und dann, nach einer ganz kurzen Pause, in der das Lachen von einer beinahe atemlosen Verlegenheit abgelöst wurde, zog sie ihn nah zu sich heran und flüsterte in sein Ohr, so dass er die Hitze spüren konnte, die aus ihrem Mund kam: „Oder wollen wir doch lieber zu mir nach Hause gehen?"

Es war mehr ein Versprechen als eine Frage. Und erst jetzt fiel ihm der Duft wieder auf, den er jahrelang nicht gerochen hatte.

Was für eine Frau!

*W*ie fast alle jungen Männer war ich damals überaus interessiert an der Erforschung und Erprobung des weiblichen Geschlechts. Und besonders diesen Abend habe ich nie vergessen. Ich wüsste auch nicht, welche andere Frau mich bis zum heutigen Tag so sprachlos gemacht, so erschüttert hat; es gibt kein Wort, das meinen damaligen Zustand besser beschreibt. Von einem auf den anderen Augenblick war ich wie paralysiert. Ich war sogar unfähig das Glas, aus dem ich doch gerade erst getrunken hatte, auf das kleine Tischchen vor mir zurückzustellen. Es war ein vollkommener, abrupter Stillstand. Eine unerschütterliche Lähmung. Hätte ein junger Pompejier, vom Lavastrom überrascht, einen letzten Gedanken vor dem Tod fassen können, er hätte seinen Zustand genau so beschrieben: kristallklar im Kopf, aber unfähig sich auch nur einen einzigen Millimeter zu bewegen. Da aber nicht nur die Lebenserfahrung, sondern auch die biologischen Tatsachen dagegen sprechen, muss ich mich täuschen, wenn es mir so vorkam, als hätte ich mindestens fünf Minuten lang nicht einen einzigen Atemzug getan.

Natürlich haben Sie recht, wenn Sie einwenden, dass fünfzig Jahre eine sehr lange Zeit sind, und dass es in dieser Zeit durchaus Veränderungen gegeben hat; Ihre zurückhaltende Ironie akzeptiere ich selbstverständlich. Ich kann Ihnen nicht widersprechen, wenn Sie es für möglich halten, dass über die Jahrzehnte eine Art Idealisierung bei mir stattgefunden hat. Ich räume sogar ein, dass ihre Haut nicht genauso gerochen hat, wie ich es Ihnen versuchen will zu beschreiben. Aber diese halbe oder dreiviertel Stunde - länger hat es ja nicht gedauert - war so aufregend, dass ich sie nie vergessen werde. Dabei bleibe ich.

Das dünnwandige Glas, das ich nicht zurückzustellen in der Lage war, hatte übrigens die Form eines Kegels oder eines auf dem Kopf stehenden Hütchens. Es war ein Martini-Glas mit einer Maraschino-Kirsche darin. Damals ein Modegetränk, für das ich persönlich nichts übrig hatte. Aber nachdem alle anderen, ausnahmslos älteren Damen und Herren an meinem Tisch einen Cocktail oder Martini, manche sogar einen Whisky bestellt hatten, war es mir unmöglich, ein einfaches Bier zu verlangen (was ich viel lieber getrunken hätte).

Diese älteren waren allesamt Mitglieder des örtlichen Golfclubs. Gewandte, etablierte Paare, die sich einmal monatlich im Casino des mondänen Kurortes zum Tanzen trafen. Anfangs zeigten sie höfliches, ja freundliches Interesse an mir und versuchten durchaus, mich ins Gespräch hineinzuziehen. Aber ihre Themen waren absolut nicht die meinen. Ich war Student der Literatur- und Sprachwissenschaften und hatte nicht die geringste Ahnung von Produktionsabläufen und Geschäftsmodellen. Bilanzen waren mir gleichgültig. Und auch wenn sich unter den begleitenden Damen das Gespräch doch eher um Golfspielen und Handicaps drehte: ich fühlte mich nicht wohl in meiner Haut. Selbst, als das kleine Orchester zu spielen begann und sich immer mehr Paare auf der kleinen Tanzfläche einfanden, ging es mir nicht besser. Zwar sangen die Four Lads „Put a Light in the Window", ein Schlager, dessen Schwung und Rhythmus mir eigentlich ganz gut gefielen, und der mich durchaus zum Tanzen anregte, wenn ich ihn aus dem Braun-Schallplattenschrank in der vornehmen Wohnung meines Onkels und meiner Tante hörte, bei denen ich zu Besuch war. Aber hier? Fast alle waren 15, 20 Jahre älter als ich. Sollte ich etwa die Frau eines Geschäftsvorstandes auffordern, deren Kinder schon das Gymnasium besuchten?

Ich fühlte mich etwa so wie mein Bundeswehr-Parka zwischen den Pelzmänteln in der Garderobe.

Um irgendetwas zu tun, stand ich schließlich auf und trat durch die weite, geöffnete Schiebetür auf die Terrasse.

Es war Mai. Aus dem weitläufigen Park, in dem sich das Casino befand, duftete es nach frischem Grün. Die Dämmerung hatte eingesetzt; die kniehohen, weiß lackierten, verschnörkelten Lampen an den Wegen brannten bereits. Ich zündete mir eine Zigarette an, atmete tief durch und gewann so einen Teil meines Selbstbewusstseins zurück. Zwei Herren kamen gerade von einem Spaziergang aus dem Park zurück. Sie eilten ohne mich wahrzunehmen an mir vorüber ins Restaurant. Dabei lachten sie auf eine Art, die mir nicht sympathisch war. Es klang ein wenig dreckig und passte weder zu ihrem Äußeren noch zu der gepflegten Gartenanlage.

Als die Zigarette aufgeraucht war, trat ich die Kippe aus und ging, nach einem kurzen Blick auf meine Uhr, zurück ins Restaurant. „Good day sunshine" lief gerade, und die Tanzfläche hatte sich gefüllt. Mein Tisch dagegen war verwaist; alle schwangen das Tanzbein, wie sie es etwas verlegen nannten, als seien sie schon zu alt dazu. Ein Kellner kam und räumte ein wenig auf, wischte mit einer Serviette über das Tischtuch und schaute mich dabei fragend an. Ohne lange nachzudenken bestellte ich ein Pils. Und da ich irgendetwas tun musste, zündete ich mir eine weitere Zigarette an, ließ das Feuerzeug (Rowenta) hörbar zuschnappen, griff, nachdem ich den Rauch ausgestoßen hatte, nach meinem Martiniglas und trank es, in Erwartung des bestellten Bieres, in einem Zug aus.

Genau in diesem Augenblick überraschte mich der pompejische Lavastrom.

Während meines Aufenthaltes auf der Terrasse hatten am Nebentisch neue Gäste Platz genommen. Später erfuhr ich, dass es Eltern und Tochter waren. Ich registrierte sie flüchtig und schaute zurück zur Tanzfläche. Besser gesagt: ich versuchte, es zu tun. Aber es war unmöglich. Mein Blick musste sofort zurück zu der Tochter. In dem kaum messbaren Moment, in dem mein Blick sie gestreift hatte, traf mich eine Art elektrischer Schlag. Er schoss durch sämtliche Nerven bis in ihre äußersten Spitzen und drängte pfeilschnell eine fast schmerzhafte Hitze in mein Gesicht.

Ich fühlte mich wie gebrandmarkt.

Genau so hatte ich mir die Frau vorgestellt, wenn ich nach einer der zahlreichen Partys, die ich damals mit meinen Freunden mehr als regelmäßig feierte, nach Hause gegangen war. Wenn ich noch weit nach Mitternacht in meinem Zimmer auf der Fensterbank saß, das Fenster geöffnet, weil ich noch eine Zigarette rauchen und den Bierdunst selig in die Nacht hinauspusten wollte, dabei Radio Luxemburg hörte und mir vorstellte, wie ich zu den langsamen Rhythmen der lange nach Mitternacht gesendeten Musik tanzen würde. In diesen frühen Morgenstunden, müde, aber noch angeregt von den Erfahrungen des Abends, hielt ich jedes Mal dieselbe Frau im Arm. Selbstverständlich war es reine Phantasie. Aber die ging weit ins Detail, und ich ließ mich so vollständig und beinahe inbrünstig in sie hineinfallen, dass ich die Wirklichkeit restlos verdrängte und nach einiger Zeit die Brüste der Frau zu spüren meinte. Anfangs war mir natürlich bewusst, dass es sich um Einbildung handelte, um eine Wunschvorstellung. Aber sie entwickelte schnell ihre eigene Dynamik und war bald so intensiv, dass sich die Bilder, die vor meinen geschlossenen Augen auftauchten, mühelos auf meine anderen Sinne auswirkten. Und wenn meine Phantasie mich dann überwältigte und ich mich vorbeugte und den Mund etwas öffnete, wahrscheinlich, weil ich in meiner schon nicht mehr nur eingebildeten Lust den Druck ihrer Brüste deutlicher spüren wollte, dann drückten sich ebenso feste und ebenso weiche Lippen auf meine. Einmal wurden meine Empfindungen dabei so heftig, ja, fast unkontrollierbar, dass ich die imaginäre Geliebte in meine Arme schließen wollte. Nur durch die außer Kontrolle geratene Balance wurde ich eben noch rechtzeitig daran erinnert, wie gefährlich meine Position auf der Fensterbank war, denn mein Zimmer befand sich zur Gartenseite im zweiten Stockwerk.

Angesichts der jungen Frau, die jetzt real am Nebentisch saß, wurde mir schlagartig bewusst, wie unvollkommen meine Phantasie war, und wie überzeugend die Wirklichkeit sie übertreffen kann. Noch im selben Augenblick, als mein Blick sie erfasst hatte, bemerkte ich, dass auch sie mich wahrgenommen hatte. Beinahe hätte ich mit dem Glas, das ich erst einige Zeit später, eingeschränkt handlungsfähig, wie in Trance auf den Tisch zurückstellen konnte, ein anderes umgestoßen. Aber ich konnte meinen Blick einfach nicht von ihr lösen. Ich muss ausgesehen haben wie eine Kuh, die sich, hingestreckt auf eine üppige Wiese, weltvergessen aufs Wiederkäuen konzentriert.

Sicher war es zu meinem Vorteil, dass die Frau betont aufmerksam ihrem Vater zuzuhören schien. Vor unserem Blickwechsel hatte sie das, wie ich mich zu erinnern meinte, nicht getan. Wahrscheinlich wollte sie mir auf keinen Fall zu erkennen geben, dass auch sie an mir interessiert war. Ich konnte sie also in Ruhe betrachten. Und je länger ich das tat, desto unruhiger wurde ich. Was ich sah oder zu sehen meinte, real und fiktiv, erzeugte, unwiderstehlich, das Gefühl einer Atemlosigkeit in mir, die, mal an-, dann wieder abschwellend unkontrollierbar auf etwas zusteuerte, das mir nicht bekannt war. Und als sich die, von der ich mein Blick kaum mehr abwenden konnte, im intensiven Austausch mit ihrem Vater einen Zentimeter vorbeugte und dabei sicherlich ohne Absicht - oder doch? - die Harmonie ihrer Körperbewegungen zur Schau stellte, verlor ich für einen Augenblick den Mut.

War ich diesem Format überhaupt gewachsen? War diese Frau nicht eine Nummer zu groß für mich?

Das erste, was ich registrierte, war ihr Pferdeschwanz. Er besaß dieselbe Fülle, wie ich sie von Petras Haaren kannte. Petra, für die ich insgeheim schon lange schwärmte, weil sie trotz ihrer nur 17 Jahre schon so viel ausgewachsene Weiblichkeit ausstrahlte, hatte mich vor einigen Wochen plötzlich an sich gezogen und heftig zu küssen begonnen. Ich hatte sie von irgendeinem Jugendtreff nach Hause gebracht und wollte mich, etwas verlegen, von ihr verabschieden; sie stand mit dem Rücken an das Eingangstor ihres Elternhauses gelehnt. Da streckte sie sich mir, ganz unerwartet, entgegen; ich konnte nur noch geschehen lassen, was geschah. Zuerst war ich mächtig erschrocken, obwohl ich mich genau nach dieser Art Kuss immer gesehnt hatte, so ungestüm und besitzergreifend. Und vor allem: lang! Es war, als müsste ich immer mehr davon trinken, als müsse ich immer tiefer in das Gefäß vordringen, um die wunderbare Flüssigkeit zu erreichen. Bis Petra plötzlich innehielt, nach Luft schnappte, mich dann noch einmal umarmte und ihre Zunge von neuem in meinen Mund fuhr.

Auf dem Weg nach Hause tanzten in meinem ganzen Körper Sterne. Ich spürte immer wieder dem Geschmack nach, den Petra in mir hinterlassen hatte. Dabei fühlte ich von neuem ihre Hände, die mich an ihren Schoß gezogen, darauf meinen Kopf ergriffen und ihm keinerlei Möglichkeit gelassen hatten, ihrer sich immer herrlicher gebärdenden Zunge auszuweichen – und schließlich, als unsere Zungen wie in einer Unterdruckkabine miteinander verschweißt waren und ihre Hände an dieser Stelle nicht mehr gebraucht wurden, schamlos und selig machend noch einmal meinen Schoß umfasst hatten.

Es war wie eine Initiation. Sie gab mir das wunderbare Gefühl, endlich dazuzugehören zu den Männern und Frauen, die die körperliche Liebe als selbstverständlich betrachten und sie unverkrampft genießen können, ohne Angst haben zu müssen vor der eigenen Unvollständigkeit.

Brigitte - so hieß die Frau im Casino, wie ich heute weiß – trug wie Petra einen Pferdeschwanz. Doch Brigittes war fülliger und trotz seines üppigen Volumens weicher, erfahrener. Ich weiß, dass dieses Wort nicht passt, aber es kam mir genauso vor. Und in dem auffallend lebhaften, doch keineswegs kindsfraulichen Gesicht, vom Pferdeschwanz umrahmt, meinte ich sofort eine nur von guter Erziehung zurückgehaltene Lust auszumachen. Das war nicht der etwas bäuerliche, zielsichere Blick Petras, der ohne Umwege und ohne Versteckspiel auf sein Ziel zusteuerte. Hier entdeckte ich ein raffiniertes, nach außen hin kontrolliertes, aber unter der hinreißenden Oberfläche kaum gebändigtes Verlangen nach mehr als einem vordergründigen Zungenkuss. Dieses empfindsame, sorgfältig prüfende Vorgehen würde sich, der richtige Mann vorausgesetzt, zweifellos in ein ungezügeltes, hemmungsloses Wollen verwandeln.

Der Kellner brachte mein Bier. Ich bereute, es bestellt zu haben; ein Cognac oder ein Calvados wäre besser gewesen.

„Willst Du nicht auch mal tanzen?", fragte meine Tante, als die Monkees zu ‚I'm a believer' ansetzten. Sie wusste, wie sehr ich dieses Lied mochte. Aber sollte ich jetzt etwa meine Tante auffordern? Würde ich mich nicht lächerlich machen? Als sie im selben Augenblick von anderer Seite auf die Tanzfläche komplimentiert wurde, war ich zutiefst erleichtert.

Auch Brigittes Eltern hatten zu tanzen begonnen und ihre Tochter allein am Tisch zurückgelassen. Sie griff nach ihrer kleinen Handtasche und zog eine Zigarettenschachtel hervor. ‚Pall Mall'! Meine Marke! Sollte ich das Rowenta-Feuerzeug in die Hand nehmen, das vor mir auf dem Tisch lag? War das nicht die Chance? Ich zögerte. Beobachtete, unentschlossen wie sie, die Zigarette zwischen Zeige- und Mittelfinger, in ihrem Täschchen nach Feuer suchte. Und zögerte einen winzigen Augenblick zu lang. Gerade als ich mich endlich dazu durchgerungen hatte, aufzuspringen und ihr Feuer zu geben, hatte sie ihre Streichhölzer gefunden.

Ich wurde rot wie ein blamierter Junge, während sie die Beine übereinander schlug, ihre Lippen zu einem Kreis formte und langsam den Rauch ausblies. ‚I couldn't leave her if I tried', hörte ich die Monkees.

Beim nächsten Lied würde ich sie auffordern!

Hatte sie zu mir herübergeschaut?

Ihre Eltern kamen zurück.

Ich bestellte ein weiteres Bier.

‚Let's Spend the Night Together', sangen die Stones. Ein großartiges Stück, aber es wäre eine zu deutliche Anspielung, sie jetzt zu bitten.

Mein Bier.

‚Ha! Ha! Said the Clown'. Manfred Mann. Machte er sich über mich lustig?

‚Time to go, close the show.' Ich trank einen Schluck und schaute wie zufällig zum Nebentisch hinüber. Brigittes Vater hatte seine Brieftasche in der Hand und sah sich nach dem Kellner um. Brigitte hatte die Beine übereinandergeschlagen und spielte mit ihren Händen; die rechte strich prüfend über den Rücken der linken. Mir war klar, dass ich nicht mehr viel Zeit hatte. Die nächste Musik, nahm ich mir vor, sollte es sein. Und als Manfred Mann seine Schlusszeile beendet hatte, nahm ich allen Mut zusammen und erhob mich von meinem Sessel. Sah, dass Brigitte fast noch im selben Augenblick ihre Beine voneinander löste und sich aufrecht hinsetzte. Sie hatte auf mich gewartet! Schaute jetzt herauf zu mir, als ich an ihren Sessel trat. Und noch bevor ich meine Frage abgeschlossen hatte, gingen wir zur Tanzfläche. Für einen kurzen Moment war es still; die Paare, die gerade noch getanzt hatten, lösten sich voneinander und warteten auf das nächste Stück. Brigitte strich ihr Kleid glatt. Es war blassrot und hatte eine Schleife unterhalb der Brüste. Brigitte lächelte.

Scott McKenzie! ‚San Francisco'.

Wir nahmen Tanzhaltung an. Brigitte streckte sich und wandte ihren Kopf etwas zur Seite, so dass ihr Hals meinem Gesicht sehr nahe kam. Der Pferdeschwanz strich an meiner Schläfe entlang, als sei er auf der Suche. Und unaufdringlich, aber auch ohne Scham drückte sich ihr Körper sofort an meinen. Die träumerischen Gitarrenklänge McKenzies erleichterten uns die schnelle Annäherung, und ohne Erlaubnis suchte mein Mund nach der Haut, deren Geruch mir unvergesslich bleibt. Es war nicht die überflüssige Wolke von Maiglöckchenduft, den ich aus der Tanzstunde kannte, auch nicht frisches, mildes Veilchen. Es war viel zurückhaltender, verborgener und dennoch intensiver. Als pulsiere da etwas, das in unregelmäßigen Abständen einen kaum erkennbaren Hinweis auf sein Versteck gebe, und wenn ich glaubte es entdeckt zu haben, hatte es sich zurückgezogen. Es gelang mir jedenfalls nicht, es genauer zu benennen. War es vielleicht mehr als nur ein Parfüm? Konnte es der vorweggenommene Ausdruck eines Verlangens seins? Ich ahnte diese Haut mehr als dass ich sie sah, obwohl ich ihr kaum noch näher kommen konnte. Sog die herrliche Feuchtigkeit ein, die von ihr ausging. Sah, um es in ein Bild zu fassen, die noch vom Tau feuchte, aber schon sonnenbestrahlte Wiese an einem Berghang und darauf kleine, in gleichen Abständen zusammengerechte Hügel aus frisch gemähtem, warmem Heu.

Es schien eine unglaubliche Ewigkeit vergangen zu sein, aber tatsächlich hatten wir wohl erst wenige Schritte gemacht, als Brigitte sich von mir löste und mich anschaute. Ich bemerkte, dass sie trotz des langsamen Tanzes schon ein wenig ins Schwitzen geraten war. Und ich weiß noch genau, dass mir irgendetwas in ihrem Blick unwirklich vorkam. So, als passe es nicht hierher. Als habe es nichts mit der Musik und meinen Gefühlen zu tun. Und als sie ihren Mund auftat und mir die Frage stellte, die ich so oft schon gehört und auch selbst gestellt hatte, und die mir in diesem Augenblick so fern war, da verlor ich alle Illusionen. Scott McKenzie schien mir plötzlich am falschen Ort zu sein, und ich wünschte mir, dass er so bald wie möglich zum Schluss käme.

Brigitte hatte gefragt, ob ich öfter hierher ins Casino käme. Und nicht nur das. Sie hatte diese Frage in einem völlig unerwarteten, ja, ich muss es wirklich so nennen: in einem beinahe körperverletzenden, unverfälschten Hessisch geäußert, das sich wie Eiswasser über mich ergoss.

Scott McKenzie fand ein Ende, und innerlich stimmte ich ein in den Jubel seiner Fans.

Die Hecke

*I*ch blättere gerne in Zeitschriften mit nackten Frauen. Feministinnen und Männergruppen haben das Vergnügen vorübergehend gestört; meine Lust an der Lust war aber immer stärker. Ich kann heute ohne Gewissensbisse nach Fotos suchen, die mich anregen.

Der einzige Vorwurf, der mich treffen könnte, ist der, ein Voyeur zu sein. Darin steckt ein Hinweis auf Feigheit. Auf ein heimliches, schäbiges Vergnügen. Die Unterstellung, ich würde mich nicht trauen einer nackten Frau in die Augen oder auf die Brüste zu schauen oder auf ihr Versteck. Denn das ist die wahre Lust: mit Freude zu sehen.

Leider passiert das viel zu selten. Der Alltag treibt uns vor sich her. Einfach nur in der U-Bahn stehen und ein paar Minuten zu dösen, ist schon eine Erholung.

Aber genau dabei hat es mich wie ein Blitz getroffen. Da saß ein Mann, der eine von diesen anfangs erwähnten

Zeitschriften aufgeschlagen hatte. Ungestört durch die anderen Fahrgäste sah er sich eine Doppelseite mit Fotos von Frauen an, alle mehr oder weniger nackt. Er schien keinerlei Schamgefühl zu haben. Ja, er hielt die Seiten ins Licht, so dass er die Bilder besser betrachten konnte – und für einen kurzen Augenblick hatte ich den Eindruck, dass auch ich besser sehen konnte. Das war mir unangenehm, aller Theorie zum Trotz. Und ich war froh, als meine Haltestelle kam, denn die abgebildeten Frauen schienen mir zu obszön, zu dümmlich, so wie sie zur Schau gestellt waren. Genauer gesagt: ich wäre froh über meine Haltestelle gewesen, wenn mir nicht beim Aussteigen mit einem letzten Blick die eine von den Frauen aufgefallen wäre, die anders war. Anders, weil auch ihr Gesicht die Lust zu wecken schien. Denn was ich noch mitbekam, schon halb zwischen diesen automatischen Türen, hat mich bis heute nicht mehr losgelassen.

Als ich auf dem Bahnsteig stand und der Zug wieder anfuhr, konnte ich gerade noch erkennen, wie die Zeitschrift hieß, die der Mann aufgeschlagen hatte. Ich ging sofort in einen Zeitschriftenladen. Doch es schien sich um eine ältere Ausgabe gehandelt zu haben, denn in der aktuellen waren, auch bei gewissenhaftem Durchblättern, die Frauen nicht zu finden. In anderen Geschäften musste ich leider dieselbe Erfahrung machen. Doch je länger ich suchte, desto deutlicher sah ich diese eine Frau, auf die es mir ankam, vor mir. Sie nahm immer klarere Konturen an. Wie auf einem Polaroid-Foto, das sich allmählich entwickelt. Und je klarer ich sah, desto stärker wurde mein Wunsch, die Zeitschrift aus der U-Bahn wiederzufinden. Ich wollte das Original-Foto noch einmal sehen und mit meiner Polaroid-Vision vergleichen. Mir blieb keine andere Wahl, denn meine Phantasie spielte immer kecker mit mir. Ich sah die Frau bei jeder Gelegenheit: an der roten Ampel, beim Einkaufen, bei der Arbeit - immer stand sie irgendwann vor mir mit ihrem Gesicht, dessen Augen, dessen Verlangen mich in Himmel und Hölle zugleich versetzten. Von dem anderen, das ich in der U-Bahn-Zeitschrift gerade noch erhaschen konnte, ehe ich aussteigen musste, ganz zu schweigen.

Schließlich fand ich sie! Und wieder hätte ich sie beinahe zu früh aus den Augen verloren, wenn ich nicht den Mut zu einem kleinen Diebstahl besessen hätte. Als ich nämlich - den Unterkiefer gefühllos, die Knie weich - vom Zahnarztstuhl stieg und noch ein wenig benommen im Wartezimmer stand, war ich doch geistesgegenwärtig genug, die Zeitschrift, die dort lag und die ich an ihrem Titelblatt in Sekundenbruchteilen wiedererkannt hatte, entschlossen und blitzschnell unter meiner Jacke verschwinden zu lassen. Zwar stand mir das Rot tief im Gesicht, als ich an der Rezeption vorüberging und „Auf Wiedersehen" sagte, doch die Sprechstundenhilfe interpretierte das wohl anders.

Die 20 Minuten nach Hause zogen sich endlos hin. Endlich angekommen, schlug ich sofort die Zeitschrift auf, als stünde ich vor meinem ersten Rendezvous mit der großen Liebe. Und als ich die Seite endlich gefunden hatte, musste ich noch einmal warten. Zu ordinär umstanden die anderen Frauen die eine; zu gefühllos drängten sie sich nichts habend und nichts sagend in den Vordergrund vor die, die ich gesucht hatte. Ich musste sie erst ausschneiden und trennen von der einen, der ganz anderen, die nicht in diese Gesellschaft gehörte. Erst dann, endlich, konnte ich sie betrachten. Und war verblüfft, dass meine Polaroid-Phantasie die Wirklichkeit keineswegs übertroffen hatte.

Diese Frau schien mir auf eine entwaffnende Art schüchtern und schamlos zugleich. Sie übte einen solchen Reiz aus, dass ich Mut brauchte, um genau hinzusehen. Ihr in die Augen zu schauen und zu ahnen, welche Lust die Frau empfinden könnte, war unbeschreiblich. Und was mich so viele Tage verrückt gemacht hatte, zeigte sich nun so direkt und so offen wie eine Perle auf einem seidenen Tuch. Senkrecht stand da eine schmale, tiefschwarze Hecke; rasierscharf gestutzt zog sie sich von oben nach unten schnurgerade über einen Hügel, bevor sie auf dem Weg in ihr Versteck verschwand.

Meine Augen wanderten hin und her zwischen dem

Oben und dem Unten dieser Frau. Von der Hecke zu den Augen, die, so schien es mir, wahrgenommen hatten, mit welchen Gefühlen ich die Hecke betrachtet hatte. Schließlich versteckte ich das Foto in meiner Brieftasche, wo es allerdings nicht einen Tag unberührt blieb. Immer wieder zog ich es heraus und wanderte mit meinen Augen von oben nach unten und wieder nach oben über den Körper dieser Frau. Was, fragte ich mich, wenn ich mich nicht sattsehen konnte an der geilen Keuschheit der Foto-Frau: was hatte sie mit den anderen fünf gemein, die so ohne jedes Geheimnis mit ihr in der Zeitschrift gewesen waren?

Ähnlich wie beim Zahnarzt, wo ich so unerwartet auf die Zeitschrift gestoßen war, fand sich auch auf diese Frage ganz unvermutet eine Antwort - oder zumindest die Annäherung an eine Antwort, von der ich allerdings bis heute nicht weiß, ob es die richtige ist.

Ich hatte Schutz vor einem plötzlichen Wolkenbruch gesucht und war in einem Café gelandet, das den Charme der 50er Jahre hatte. Den unverfälschten Charme dieser Zeit. Denn weder die gestärkten Deckchen auf den Barock-Tischen noch die schweren Vorhänge noch die Teppiche oder die Leuchten an den Wänden und der Decke schienen seitdem erneuert worden zu sein. In allem steckte der Jahrzehnte alte Rauch von Zigarren und Zigaretten, der die Stoffe braungelb und die Bedienung alt gemacht hatte, die zwischen der Theke und den

Tischen hin- und her trippelte und still die Bestellungen ausführte. Seit Jahrzehnten unverändert roch es in diesen überheizten Räumen nach frisch gebrühtem Kaffee. Die Torten, die hinter Glas in Vitrinen standen, waren immer noch die besten in der Stadt. Und das Café fast das einzige, in dem die Sahne noch frisch geschlagen wurde. Wie es sich für diese Art Gastlichkeit gehört, schienen auch die Gäste von gediegener Solidität und lasen in Zeitungen, die über jeden qualitativen Zweifel erhaben sind.

Halb versteckt hinter einem mächtigen Kleiderständer rührte eine gut aussehende, sorgfältig gepflegte Frau in ihrem Kaffee. Am Tisch neben ihr unterhielten sich zwei Damen, deren Hände, soviel konnte ich erkennen, sorgfältig gepflegt waren; sie hielten silberne Kuchengabeln und führten Torte zum Mund. Am Fenster, in der Ecke, trug ein älterer Herr etwas in sein Notizbuch ein und schaute zwischendurch immer wieder auf eine ganze Zeitungsseite voller Zahlen. Und mitten im Raum löffelte ein weiterer - mit Weste und Manschettenknöpfen, im Halsausschnitt eine Tuchserviette - eine Suppe. Wahrscheinlich die Tagessuppe (Spargel). Sie schien heiß zu sein.

Da schlug der braune Vorhang an der Eingangstür zurück, und herein trat ein weiterer, alter Herr, längst über 70, mit einer Aktentasche. Kleine Statur, leicht gehbehindert, aber die Augen so lebendig und die Bewegungen trotz der Behinderung so elegant, dass er alle Blicke sofort auf sich zog. Ohne zu zögern ging er an den Tisch neben dem Kleiderständer, begrüßte die Frau, die dort saß, mit einem Handkuss und setzte sich. Im Nu waren die beiden vertieft in ein Gespräch. Sie schienen sich gut zu kennen und nicht zum ersten Mal über das zu sprechen, was sie besprachen. Er öffnete seine Aktentasche und legte irgendetwas auf den Tisch, das ich nicht erkennen konnte. Sie schaute es sich lange an, fragte ihn etwas, schien zu zögern und schaute wieder auf den Tisch.

Ich konnte meinen Blick kaum losreißen von diesem ungleichen Paar. Und dann raste es mir plötzlich durch den Körper. Das war sie! Wie im Traum fingerte ich das Foto aus meiner Brieftasche, aber ich wusste auch so: das war sie! Ich starrte hinüber zu den beiden, die nichts wahrzunehmen schienen als sich selbst und was auf dem Tisch lag. Sie sprachen, aßen, tranken, sprachen. Irgendwann bezahlte er, packte seine Aktentasche, stand auf und half ihr in den Mantel, der über dem Rock zusammenschlug. So, wie sie zur Tür schritt, wiegend, musste sich die Hecke mal nach links, mal nach rechts bewegen. Eine Winzigkeit nur. Aber genug, um mich heftig zu erregen.

Nach einer geraumen Weile bezahlte auch ich und ging. Auf dem Weg zum Ausgang kam ich an dem Tisch vorbei, an dem die beiden gesessen hatten. Auf der gestärkten Tischdecke neben der Zuckerschale mit dem Silberlöffel lag eine Visitenkarte. Ohne zu zögern nahm ich sie, las den Namen und darunter „Photograph". Ich legte sie zurück und verließ das Café.

Der Vogel

Manfred S. war immer auf der Jagd nach dem Besonderen. Wenn er etwas Außergewöhnliches entdeckt hatte oder es auch nur ahnte, konnte er damit nicht allein bleiben.

„Soll ich Dir was verraten?", fragte er dann ungeduldig den Erstbesten, den er traf. Und ohne je auf die Antwort zu warten, kroch er ihm fast ins Ohr.

Es war bekannt, dass seine Enthüllungen nicht immer so seriös und geschmackvoll waren, wie man sich das gewünscht hätte. Und deshalb war es mir unangenehm, als ich letzten Freitag sein Opfer wurde und er mir unwiderstehlich – „ich kenn´ dich doch!" - den größten Tipp aller Zeiten gab. „Superscharf! Wahnsinns-Frau!"

Ich sagte bereits, dass Manfred S. gelegentlich über das Ziel hinausschoss und das Interesse, auch den Geschmack seines Gegenübers falsch einschätzte. Diesmal war ich mir da nicht sicher. Denn was er mir voller Vertrauen mitzuteilen hatte und jedem anderen auch voller Vertrauen mitgeteilt hätte, war tatsächlich etwas Besonderes, wenn es sich so verhielt wie versprochen.

Da ich dabei nichts zu verlieren hatte, suchte ich also am nächsten Abend die angegebene Adresse auf und fand mich in einem großen, verrauchten Kellerraum wieder, in dem fünfzig, sechzig oder ein paar mehr Stühle im Kreis um ein rundes Podest aufgestellt waren. Ich holte mir etwas zu trinken und setzte mich in die Nähe des Ausgangs. Nach und nach erschienen immer mehr Gäste. Gut gekleidete Leute, eher etwas älter, Frauen ebenso zahlreich wie Männer. Ich hatte den Eindruck, dass sie der Dame hinter der Bar bei der Begrüßung mehr Hochachtung entgegenbrachten, als man das normalerweise erwartet. Aber jedes Mal, wenn ich neugierig in ihre Richtung guckte, um meinen Eindruck zu überprüfen, konnte ich sie weniger genau erkennen. Das Licht im Raum schien schwächer zu werden. Gleichzeitig geriet das Podest in einen allmählich heller werdenden Lichtkegel, und aus Lautsprechern, die ich nicht lokalisieren konnte, drangen Klänge wie aus Bali: das stampfende, beschwörende Fuß-Klacken der Tänzer beim Cecak, das Geschrei von Affen, die Rufe von Vögeln.

Ich schwitzte. Und das lag nicht allein am Cocktail. Denn der Raum, der inzwischen gut gefüllt war – viele Gäste mussten an den Wänden stehen, weil keine Stühle mehr frei waren – schien von einer eigenartigen Spannung gefüllt. Die eng zusammensitzenden oder auch stehenden Zuschauer verschmolzen zu einer undeutlichen Masse, während das Podest im Zentrum inzwischen grell beschienen lag. Ich sah, dass mir jemand zuwinkte, und erkannte Manfred S. Dann war es von einer Sekunde auf die andere stockdunkel. Die Cecak-Musik brach ab. Die Vögel schrien umso lauter. Und als das Licht ebenso plötzlich zurückkam, jetzt in Wellen von Gelb und Blau, stand auf dem Podest - ein Vogel.

Ich bemerkte, dass das Paar am Nebentisch enger zusammenrückte. Er flüsterte ihr etwas ins Ohr, sie schüttelte den Kopf. Sonst war keine Bewegung im Raum, kaum ein Geräusch zu hören.

Auch der Vogel stand ohne Regung. Als wolle er dem Publikum Zeit geben, das Federkostüm auf sich wirken zu lassen und darin nach und nach die Formen eines weiblichen Körpers auszumachen. Erst nach einer geraumen Weile hob er sehr langsam den Kopf und ließ seine Augen über die Gesichter wandern. Es waren die starren Augen einer starren Maske, doch die Bewegung des Kopfes ließ sie lebendig werden in dem auf- und abschwellenden Licht, und es schien, als könnten es einige der Gäste nur schwer ertragen, diese Augen auf sich gerichtet zu sehen; Subjekt und Objekt verkehrten sich ins Gegenteil.

Erneut setzten die Klänge des Cecak ein. Das Klacken der Hölzer, das Zungenschnalzen unsichtbarer Tänzer.

Der Vogel plusterte sich auf; stolzierte hoch aufgerichtet auf seinen langen Beinen weich federnd am äußersten Rand des Podestes, folgte dem Rhythmus des Tanzes und forderte ihn bald selbst heraus, trieb ihn vor sich her, blieb urplötzlich stehen und richtete seine starren, durchdringenden Augen auf einen der Gäste. Endlos lang. Der Mann versuchte diesem Blick auszuweichen, der ihn fixierte, als wolle er ihn bloßstellen.

Dann nahm das Tier seinen Rundgang wieder auf. Gab sich dem Cecak hin, bog und wiegte sich in der Musik und schien die Zuschauer zu vergessen. Das Tier? Natürlich war es eine Frau, die in dem Kostüm steckte. Das war kein Geheimnis. So herrlich das Federkleid war, so beeindruckend die Maske: dieses Publikum wäre nicht allein deshalb gekommen. Es waren Leute, die mehr gesehen hatten als einen tanzenden Vogel. Die genug gehabt hatten im Leben, aber nicht satt waren. „Superscharf!", hatte Manfred S. versprochen. „Wahnsinns-Frau!". Das würde nicht reichen für dieses Publikum. Ein Strip, wie raffiniert auch immer, hätte diese Leute nicht hierher gelockt...

Die Frau im Vogel tanzte weiter. Der Rhythmus des Cecak trieb sie über das Podest. Sie streckte ihren Körper, warf die Arme von sich, stampfte auf den Bretterboden. Wer in Bali Cecak tanzt, will in Trance geraten. Will bereit sein, mit Göttern zu sprechen. Wirft von sich, was ihn behindert auf dem Weg in eine andere Existenz. Und so war ich nicht überrascht, als auch diese Frau sich nach und nach von ihrem Federschmuck befreite. Es dauerte nicht lang, und sie tanzte halbnackt. Außer der Kopfmaske mit den starren, bewegten Augen trug sie bald nur noch ein Brusttuch und eines um die Hüften. Der Schweiß lief ihr über die Haut. Doch sie hörte nicht auf über die kleine Bühne zu jagen.

Als ich einen Schluck trinken wollte, im Halbdunkel mein Glas vor mir suchte und meinen Blick nur kurz von der Vogelfrau abwandte, nahm ich überrascht wahr, wie ohrenbetäubend laut die Musik geworden war. Wie stark sich die Erregung von der Bühne auf das Publikum übertragen hatte. Und umgekehrt! Die Tänzerin schwamm in dieser Atmosphäre. Sie glitt durch Licht- und Rauchschwaden, drehte ihren Körper in den Strahlen der Scheinwerfer. Und als sie schließlich Zeichen von Erschöpfung zeigte, war das keine Überraschung.

Genau in diesem Augenblick fiel die Musik aus. Das Licht verlöschte. Doch die Spannung im Raum löste sich nicht auf. Im Gegenteil: sie wurde dichter. Schreie, erste einzelne, dann immer mehr fielen übereinander her. Ich war irritiert. Aber nur Sekunden. Denn als dann das Licht urplötzlich wieder aufflammte, ein weißes, sehr warmes Licht, stand die Vogelfrau noch immer auf der Bühne. Bekleidet allein mit der Maske, deren Augen jetzt eigenartig leblos wirkten. Umso mehr Leben pulste in dem

Körper, der sich nackt und schweißüberströmt zur Schau stellte. Der einfach da stand und sich betrachten ließ und tief ein- und ausatmete nach der Anstrengung des Tanzes. Endlose Sekunden stand sie da, ausgeliefert den Blicken des Publikums. Und da begriff ich, warum diese Leute gekommen waren, die schon so viel gesehen hatten.